요괴사설

: 어디에도 없지만, 어디에나 있는

에이플랫 장르소설 앤솔러지

요괴사설

: 어디에도 없지만, 어디에나 있는

김봉석
배명은
비 티
위 래
전혜진
홍락훈

에이플랫

차 례

기획의 말: 요괴와 만나기 전에 · 7

위래
무시소리 이야기 · 15

비티
도깨비불 · 57

전혜진
나의 제이드 선생님: 득옥得玉 이야기 · 109

김봉석
호숫가의 집 · 157

홍락훈
그렘린 시스템 · 209

배명은
문신 · 259

기획의 말
: 요괴와 만나기 전에

강상준

"요괴는 없어.
혹은 보이지 않을 뿐인지도 몰라."

- 요괴미술관妖怪美術館 초입에 쓰인 문구 중

두 달 전쯤 일이다. 깊은 새벽 시간, 딱 맥주 한 캔이 모자라 집 앞 편의점을 다녀오던 중 이상한 여자와 맞닥뜨린 적이 있다. 평소 같으면 아무도 없어야 할 시각, 아무도 없어야 할 장소에 웬 여자가 이상한 자세를 취하고 서 있는 것이 아닌가. 그것도 가로등을 살짝 피해 부러 어둑어둑한 곳에. 때마침 주말이었으니 과음했겠거니 대수롭지 않게 여겼지만 (하필) 그 여자가 집으로 가는 방향에 자리하고 있던 터라 자연히 점점 가까워져가는 와중이었다. 왜 저기서 저러고 있나 궁금했지만 정면으로 쳐다보면 불쾌해할 수도 있겠단 생각에 낯선 이를 자극하지 않고자 고개는 정면을 향한 채 몰래 눈길만 주면서. 여자 역시 내가 다가오는 것을 봤는지 어느덧 행동을 멈추고는 거리가 좁혀지는 사이 나를 바라보며 멍하니 서 있었다. 그리고 마침내 스쳐 지나가며 지근거리가 되고 나서야 알아차린 듯했다. 눈이 정확히 마주치는 순간 내가 자신을 계속 지켜보고 있었다는 것을 말이다. 순간 여자는 눈을 동그랗게 뜨더니 잠시 후 내 뒤로 달음박질치듯 달려들었다. 물론 발소리만 들었을 뿐 본 것은 아니다. 뭐라고 해야 할까. 본능적으로 '이것'은 뒤돌아봐서는 안 된다고 생각했던 것 같다. 실제로 다다다다 하며 내 쪽으로 다가오던 발소리는 이내 사라졌고, 엘리베이터 앞에 당도한 후 곧장 바깥을 살펴봤지만 정말로 주변엔 아무도 없었다.

집에 와 맥주 캔을 따고 곰곰 생각해보았다. 묘한 자세였다고 생각했던 건 실은 여자의 머리가 있던 곳과

다리의 위치가 전혀 달랐기 때문이었을지 모르겠단 생각이 그제야 들었다. 정면에서 눈이 마주쳤지만 어쩐지 발은 다른 곳에 딛고 있었다는 느낌이랄까. 어쨌든 귀신인지, 요괴인지, 환각인지, 그도 아니면 그냥 사람이었는지는 모르겠지만, 그때 느꼈던 꺼림칙한 느낌만큼은 여전히 생생하다. 이후 살아생전 처음 경험해본 이 낯선 상황에 대해 주변에 몇 번 이야기해봤다. 그때마다 사람들은 네가 너무 취했겠지, 그냥 이상한 여자였겠지 하며 다들 웃음으로 얼버무려주었다. 물론 되도록 사람이길, 내 착각이길 바라면서도 오싹한 기분까지는 어찌할 수 없었던 것 같다. 요즘도 밤이면 가끔 창밖을 내다보며 그때 그 자리에 누가 있지는 않을까 하는 섣부른 기대에 무심코 끼쳐오는 소름 같은 것 말이다.

물론 눈에 보이지 않거나 존재를 확신할 수 없는 현상이 늘 이런 유만 있는 것은 아니다. 일본 카가와현에 위치한 작은 섬 쇼도시마小豆島에는 '요괴미술관'이라는 낯선 볼거리가 있다. 거리를 두고 네 관으로 구성된 요괴미술관은 일본 요괴를 다양한 형태의 현대미술로 구현해 전시한 이색 미술관이다. 회화나 조소, 설치 작품

이 여러 채의 건물을 꽤 효율적으로 채우고 있는데, 복잡하게 얽힌 복층은 물론 천장이나 바닥까지 주어진 공간을 꼼꼼하게 활용해 풍성한 볼거리를 선사한다. 세분화된 주제별로 구분한 이미지나 작품은 무척 다채로웠으며, 존재하지 않는 존재에 대한 상상력은 구체적이면서 동시에 분방했다. 당연히 기괴하고 흉포한 외양을 앞세운 작품도 여럿이다. 그러니 누구라도 물을 법하다. 실제로 여행지에서 마주친 관광객에게 도대체 왜 그런 곳에 가느냐 뉘앙스의 얘기를 듣기도 했고. 그래서 조금은 반가웠다. 요괴미술관 초입에 들어서는 순간 마주한 짧은 문구 안에는 단지 사특한 존재에 불과할 뿐이라는 요괴에 대한 선입견에 반하는 정의 혹은 존재 의의가 그대로 담겨 있는 듯했기 때문이다. "요괴는 없어. 혹은 보이지 않을 뿐인지도 몰라. 妖怪はいない。あるいは見えないだけかもしれない。" 그렇다. 정말로 존재하는지 증명할 수는 없지만 사람들의 뇌리에 분명히 각인되어 전승된다면 그것은 현실의 그림자 언저리에 존재하며 현실을 투영하는 '이야기'의 본질과도 그대로 상통하는 것 아닐까.

단지 요괴미술관만은 아니다. 일본은 요괴의 본고장이라 할 만큼 유독 그 역사도 깊고 자료도 많다. 실제로 이렇듯 단단한 전통을 가진 요괴는 지금까지도 여러 대중문화 콘텐츠에 이식되어 그 생명력을 무한히 확장하며 제 몫을 다하는 중이다. 요괴 미스터리라는 독보적인 장르를 구축한 소설가 교고쿠 나쓰히코가 정의하는 요괴란 입과 기록을 통해 전해지는 모호한 기현상을 구상화한 것에 가깝기에 요괴라 뭉뚱그린 실체에 다가서는 모든 과정은 그대로 미스터리가 된다. 지금 이 순간 세계에서 가장 인기 있는 만화랄 수 있는 〈주술회전〉과 〈귀멸의 칼날〉 역시 요괴에 빚진 바 크다. 그 밖에 온갖 이형의 산물이나 인간이 이해할 수 없는 것에 대한 수많은 이야기 역시 모두 그렇다. 초자연적인 현상이나 불가사의에 대한 호기심은 보이지 않지만 분명 존재하는 것들에 대한 기발한 상상력이거나 혹은 바람이다. 때로는 은유나 풍자이기도 하다. 물론 현실 그 자체일 가능성도 배제할 수 없다. 그것은 이미 현실에서의 상상이거나 바람이며, 현실에 대한 은유이거나 풍자이기 때문이다.

여섯 작가들께 '요괴'라는 키워드만 드리고 특별히 장르에 구애받지 않는 가운데 되도록 자유롭게 자신의 스타일대로 창작해주길 기대한 것도 그런 이유 때문이었다. 그래서 〈요괴사설〉의 '사설'은 사설私說일 수도, 사설邪說일 수도 있다. 혹은 실학자 이익의 〈성호사설〉에서의 '사설僿說'처럼 세쇄細碎한 논설일 수도 있다. 〈무시소리 이야기〉(위래 작)는 여러 편의 요괴담을 교묘하게 직조해 우리의 현실로 끌어들이는 일종의 메타 도시전설로서 애써 괴담을 조장하지 않는 듯 가장하며 끝내 서늘한 뒷맛을 남긴다. 도깨비불로 말미암은 편집증 환자의 시종 고풍스럽고도 불안한 독백으로 이루어진 〈도깨비불〉(비티 작)은 도깨비와 세계의 진상을 마주하는 순간 다시 한번 세차게 폭발한다. 설화를 통해 전해지는 '득옥 이야기'를 현대 한국으로 끌어들인 〈나의 제이드 선생님: 득옥得玉 이야기〉(전혜진 작)는 재벌가의 뒤틀린 생리와 위선을 냉소를 머금고 날카롭게 풍자한다. 무엇보다 요괴가 파고들 틈이 있을까 싶은 마지막 순간 펼쳐지는 스산한 복수와 담담한 체념이 멋진 방점을 찍는다. 〈호숫가의 집〉은 작품 내내 초현실적인 요괴와 현실 범죄 사이의 미묘한 중간지대에 자리한 채 하드보일드한 묘사로 각각의 매력을 십분 부각한다. 그간 대중문화평론가로 활약해온 김봉석 작가의 관심과 흥미를 엿볼 수 있는 첫 소설이란 점은 아주 작은 덤에 불과하다. SF·판타지 초단편집으로 데뷔한 홍락훈 작가의 〈그렘린 시스템〉은 영화로도 잘 알려진 서양 요괴 그렘린을 독특한 음모론과 결부시키며 자신의 색을 여러 겹 덧입혔다. 주로 호러소설로 독자와 만나온 배명은 작가는 〈문신〉을 통해 남자의 지배욕과 폭력으로 말미암은 여자의 불안과 공포라는 익숙한 주제를 요괴 문신이라는 흥미로운 소재로 풀어냈다. 특히나 몇 차례나 예상을 비껴가는 전개는 결국 뒤틀린 욕망이란 이름으로 요괴에 중층의 의미를 더하는 듯하다.

모두 보이지 않지만 어디에나 있을 수도 있을 요괴를 다양한 세계로 구축해 인간의 욕망과 두려움을 건드린다. 그럼으로써 보이지 않지만 없다고는 단정할 수 없는 요괴의 미묘한 위치를 활용해, 보이지 않으면서 분명 존재하는 것들에 대한 이야기로 수렴한다. 그렇게 우리가 알고 있는 것들이 실은 보잘것없는 미몽에 불과하다는 것, 명백히 존재한다 자부하는 인간이라는 존재가 실은 미미하고 하찮다는 깨달음, 우리가 발 딛고 있는 현실의 불완전함이 다채롭게 펼쳐진다. 그러니 요괴와 만나기 전 필요한 건 공포가 아니다. 오직 흥미뿐이다.

무시소리 이야기

위래

소설을 쓰다 보면 '내게 좋은 아이디어가 있는데……' 하면서 다가오는 사람들이 있다. 아이디어를 주는 건 괜찮다. 하지만 그걸 빌미로 지분을 요구하는 건 별로다. 어차피 나도 쓸 글은 많으니, 남이 준 아이디어로 글을 쓰는 건 딱히 메리트가 없는 일이다. 어떤 글을 써 달라고 하는 것은 사실 커미션이나 다름없으니 도리어 돈을 받아야 하는 입장이랄까. 물론 항상 그런 아이디어를 무시한다는 건 아니다. 충분히 좋은 글감이라면 리퀘를 받을 수도 있고, 다음 김치교자 님의 이야기처럼 특별한 경우도 있다.

김치교자(@kimgyoja04) 님은 내게 있어선 평범한 트친이다. 평범한 트친이란 무엇인가. 서로 타임라인 너머로 글을 보다가 누군가 선팔을 했다가 맞팔을 걸고 리트윗 찍고 마음 찍고 하면서 내적 친밀감을 키워오긴 했으나 멘션을 가끔 주고받는 걸 제외하면 특별히 친하다고는 할 수 없는 데면데면한 관계라는 말이다. 하지만 내 입장에서 김치교자 님을 이유 없이 팔로우를 한 건 아니었다. 트위터 이용자들은 특정한 클러스터로 묶을 수 있는데, 김치교자 님은 미스터리소설과 호러소설 독자 클러스터 그리고 연구자 클러스터에 소속되어 있었다. 이것은 내 자의적인 기준이긴 해도 특별히 토를 달 사람은 없을 것이다. 김치교자 님은 해외 작가로는 교고쿠 나쓰히코, 국내 작가로는 박해로를 좋아하는 데다, 가끔 같이 읽자며 인용하는 논문을 봐서는 민속학이나 문화인류학 관련 연구원이거나, 최소한 아마추어 연구자였다. 내가 찾아보지 않을 이야기를 해주는 사람을 타임라인에 두고 있는 건 좋은 일이다. 그런 김치교자 님으로부터 DM이 온 것은 지난달이었다. 무서운 이야기가 있는데 혹시 소설로 써볼 생각이 있느냐는 것이었다.

나는 좋은 트친 하나와 관계가 서먹해지는 것은 아닐지 걱정하며, 돈 이야기부터 꺼냈다. 김치교자 님은 진저리를 치면서 돈은 괜찮다고 말했다. 다행이었다. 다만 걱정을 벗어던질 때는 아니었다. 그다음이 좀 더 어려운 단계니까.

사실 소설로 쓸 만한 아이디어라는 건 생각보다 많지 않다. 좀 더 정확히 하자면, 아이디어 단계에서 좋은 것은 많지만 그것을 작품으로 만들기 위해서는 더 많은 요소가 필요하다. 가치 있는 아이디어라고 해서 '내'가 그것을 좋은 소설로 쓸 수 있는지는 다른 차원의 일인 것이다. 여차하면 김치교자 님에게 '그건 소설로 쓸 수 없겠는데요'라고 말을 해야 할 것이므로, 나는 그 문장을 일발 장전해두었다.

잠깐. 이야기를 이어가기 전에 미리 일러둘 것이 있다. 결과적으로 나는 김치교자 님의 이야기를 소설로 써야만 한다고 생각했고, 그래서 이제 김치교자 님으로부터 비롯된 세 가지 무서운 이야기를 할 참이다. 세상에는 미리 경고를 해둬야 하는 경우가 있다. 이를테면

색채가 깜빡이는 영상을 내보일 참이라면 광과민증이 있는 사람에게 시청에 주의하라고 하는 것처럼 말이다. 이 무서운 이야기들 또한 그렇다. 이제부터 당신의 독서는 자동적으로 일어나는 무심한 독서가 아니라, 이 이야기를 읽겠다는 당신의 각오에 근거한다. 난 분명히 말했다. 이제 무엇을 읽든 당신 책임이다.

첫 번째 무서운 이야기

이야기로 돌아가자. 김치교자 님은 다짜고짜 내게 홈페이지 주소를 보내고는 읽어달라고 부탁했다. 나는 혹시 내가 DM으로 대화하고 있는 상대의 계정이 스팸 계정인가 확인하기 위해 김치교자 님의 프로필 페이지에 들어갔다 나왔다. 김치교자 님이 어디 해킹당한 것이 아니라면 스팸은 아닌 것 같았다. 그리고 홈페이지 주소가 너무 익숙한지라 클릭을 해보니, 역시 '듀나의 영화낙서판'이었다. 정확히는 회원들이 잡담을 올리는 메인 게시판에 올라온 게시물 하나의 주소였다. 글은 그리 길지는 않아서 금방 읽을 수 있었다.

제목: 이 영화 아시는 분?

글쓴이: rosebud

내용:

저번주인가 명동역 CGV에서 본 영화인데요.

아마도 홍콩 아니면 대만? 아마 대만 영화 같아요.

제 기억엔 제목이 '그림자 연극'이었던 것 같은데, 아니더라고요. 그래도 그림자는 확실히 들어가요.

주인공은 공장 노동자고, 동성인 운동권 학생과 사귀고 있어요.

영화 초반에 두 인물을 소개하면서, 주인공이 자기가 모르는 걸 알고 자기가 모르는 걸 보고 자기가 모르는 걸 먹는 엘리트 계급인 연인을 선망하고 있다는 걸 드러내요. 갈등이 좀 있죠.

그런데 그 연인이 초반을 지나면서 실종되거든요. 시위를 하다가. 마지막으로 발견된 게 노동절 시위 장소예요. 그래서 주인공이 알음알음 연인의 친구들과 동료들을 찾아다니면서 연인에 대해서 알지 못했던 이면을 알아가는 게 영화의 주된 스토리라인입니다. 그렇게 밝혀지는 건 대부분 연인으로서 몰랐으면 했던 부분들이죠.
예를 들어서 도박 빚이 있다던가, 이런저런 경험을 했다던 게 죄다 거짓말이라던가, 주인공 몰래 사귀는 다른 사람이 있었다던가.
결국 마지막 단서가 발견되는 곳이 신원 불명의 실종자가 있는 시체 안치실인데, 주인공이 찾아가지 않는 걸로 끝나요. 여기까진 이해하기 쉽죠.

그런데 이 영화에서 독특한 점은 드문드문, 다 합쳐서 여섯 번 정도였던가? 계속해서 춤추는 여자가 나와요.
처음 등장하는 장면이 기억나는데, 주인공과 연인이 베란다에서 맥주를 마시는데 카메라가 골목 아래를 비추고 있거든요. 주인공이 일상적인 대화를 하려고 하면 연인은 이상적인 이야기를 하면서 대화의 아귀가 맞아떨어지지 않는 긴장감이 느껴지는 장면인데, 화면 가장자리에서 맨발에 흰 원피스를 입은 여자가 긴 머리로 얼굴을 죄 가리고는 팔을 위로 뻗고 흐느적대며 춤을 춰요. 음악은 나오지 않았는데, 춤만 봐서는 아주 느린 박자였어요. 반복되는 동작이 아니라서 춤이라고 보긴 힘들었지만, 알다시피 그런 종류의 현대무용이 있긴 하잖아요? 행위 예술과 구분되지 않는 원초적인 동작이요. 발을 떼고 팔을 펼치는 데서 어떤 필사적인 몸부림이 느껴졌어요.

처음에는 화면의 너무 가장자리에서 작게 등장하는 데다 너무 생뚱맞은 캐릭터라서 저예산 영화라 무슨 미친 사람을 잘못 찍은 건가 했거든요. 하지만 시간이 좀 지나서 주인공이 남자친구에게 계속 전화를 걸면서 길을 걸어가는 신이 꽤 길게 나오거든요? 거기서 주인공 등 뒤에서 계속해서 춤추는 장면이 나와요.

저는 아, 이게 어떤 의미가 있구나 했죠. 아마도 주인공이 연인에게 느끼는 불안을 시각적으로 형상화한 캐릭터 아닐까 하는 생각이 들더라고요. 그래서 영화를 다 보고 나서 친구들이랑 이야기를 하는데 춤추는 여자 이야기를 꺼내니 다들 조용해지더니 제 얼굴만 보더라고요.

아니, 영화에서 춤추는 여자는 한 장면도 나온 적 없다는 거예요.

몇 번을 더 이야기했는데도 대화가 되지 않고 친구들은

제가 장난을 친다고만 생각해서 도중에 돌아와버렸었죠. 주중에 일이 쌓여 있어서 생각할 겨를이 없었는데 문득 생각이 나 듀게에 글을 올립니다. 영화 제목을 정확히 몰라서 좀 상세히 적어봤습니다.

댓글:
candlecove: 아마 린메이 감독의 〈그림자놀이〉 같습니다. 대만 영화고, 주인공이 실종된 동성 연인을 찾고, 그 과정에서 연인의 비밀을 찾아내는 이야기 부분까진 일치합니다. 하지만 제 기억엔 이 영화에 딱히 춤추는 여자가 등장하진 않았던 걸로 기억합니다.
└ rosebud: #candlecove: 농담이시죠?
　└ candlecove: #rosebud: 제목을 알려드렸으니 직접 확인해보시는 건? 왓챠에 있습니다.

　나는 글을 다 읽고 구글에 "그림자놀이"를 검색했다. 영화 포스터의 윗부분에는 마천루가 즐비했지만 아래는 그런 마천루를 올려다보는 시멘트 담장 뒤의 좁은 골목이다. 그 골목엔 가로등 아래 등을 보이고 서 있는 남루한 작업복을 입은 여자가 있다. 그림자가 아래쪽으로 뻗어 내려오고 그 아래 붓글씨로 쓰인 듯한 "그림자놀이"라는 제목이 있었다.

예고편도 구글 검색 첫 페이지에 있어서 바로 클릭해 볼 수 있었다. 주인공이 어떤 제품을 조립하는 공장 생산 라인에서 걸어 나오다가 누군가 부르는 목소리에 돌아보는 장면, 도심지 카페에서 주인공과 연인으로 짐작되는 상대가 웃으면서 대화하는 장면, 시위로 인한 함성 때문에 주인공이 베개로 귀를 막는 장면 등이 지나가다가, 글쓴이인 rosebud가 언급했던 전화를 걸며 길을 걷는 장면이 잠깐 보였다. 춤추는 여자는 보이지 않았다.

나: 다 봤는데요.

김치교자(이하 김): 어떤가요?

나: 크리피파스타네요. 재밌긴 한데, 내용에 비하면 좀 장황합니다. 〈그림자놀이〉라는 영화를 충실하게 설명할 필요는 없지 않을까 싶거든요. 소설로 쓴다면 그렇다는 이야깁니다. 좋아하는 이야깁니다.

김: 아, 이야기가 이걸로 끝나는 건 아닙니다. 뒷이야기가 더 있어요.

나: 그런가요?

김: 저 글을 쓴 rosebud는 저와 명동역 CGV에서 같이 영화를 봤던 친구입니다.

이 부분은 흥미로웠다.

나: 로즈버드 님과 저 영화에 대해 더 이야기해봤나요?

김: 아뇨. rosebud는 지금 실종됐어요.

이 부분은 과하다는 생각이 들었다.

하지만 따로 지적하진 않았다. 소설에서 현실적인가 아닌가 같은 건 별로 중요하지 않다. 그러므로 소설로 쓸 이야기라면 상대가 진실을 이야기하건 거짓말을 이야기하건 상관이 없다. 오히려 좋은 이야기를 위해서라면 거짓말을 좀 섞는 게 낫다.

문제라면 인간관계일 텐데, 김치교자 님과 나는 트친일 뿐이다. 김치교자 님이 다소 허풍쟁이더라도 앞으로 김치교자 님이 내게 물건을 팔고자 시도하거나 종교에 관심 있냐고 물어보지 않는 이상 크게 문제 될 건 없다.

나는 짐작을 하면서도 김치교자 님이 의도하는 평범한 청자처럼 의뭉스럽게 질문했다.

나: 어쩌다 실종되신 거죠? 김치교자 님은 로즈버드 님의 실종이 방금 보여주신 글이랑 연관이 있다고 생각하시는 건가요?
김: 글쎄요.

꽤 오래 타자를 치는 것 같더니 장문의 메시지가 왔다.

김: 처음에는 저 글의 존재 자체를 몰랐죠. 그런데 rosebud는 형제가 없고 rosebud의 어머니께서 저한테 먼저 연락을 주셨어요. rosebud와 연락이 안 되는데 혹시 알고 있는 것 있냐고요. 개인 정보라서 이것저것 말씀드릴 수는 없지만 이렇다 할 이유는 없었어요. 그럼 사고와 범죄밖에 남지 않는데 양쪽 다 정황이 없었거든요. 그러다 rosebud의 노트북 이야기가

나왔죠. 경찰은 범죄 혐의점이 낮은 성인의 실종 수사에 적극적이지 않으니, 그 전에 믿을 수 있는 사람이 노트북을 봐줬으면 했던 겁니다. rosebud는 국문학과에 다니는 대학생이었어요. 그리고 성실했던 덕분에 이런저런 과제와 자료들을 잘 모아두고 있었죠. 그리고 다른 자료에도 접근할 수 있어요. 굳이 로그인을 하지 않더라도 인터넷 접속 기록 정도는 제가 살펴볼 수 있으니까요. 실종된 이후 업데이트된 기록은 없었지만 이전 기록에서 저 사이트에 올린 글을 확인할 수 있었어요. 그사이에는 해당 영화에 대해 구글이나 논문 검색 사이트에서 검색한 기록이 있었고요. rosebud는 적어도 진지하게 그 영화에 대해 찾아보려고 했던 거죠. 저는 혹시나 rosebud가 어떤 답을 찾았는지 알아보려고 마지막 검색 기록을 확인했지만 별다른 건 없었습니다. 저는 검색 기록과 다른 자료들을 제 컴퓨터에 복사한 뒤 노트북을 rosebud의 부모님에게 돌려주었습니다. 어째서인지 이대로라면 다시는 제 친구를 보지 못할 것 같다는 느낌이 들었습니다. 그래서 개인적으로 조사를 시작했어요.

rosebud는 영화에 대해서 검색했지만 영화는 그다지 연관이 없을 거라는 생각이 들었습니다. 그건 그 자리에 있던 다른 친구가 보자고 한 영화였고 rosebud는 아트하우스 영화에 그리 관심 있는 편도 아니었습니다. 저는 '춤추는 여자' 쪽에 관심을 가졌죠.

나: 그래서 단서를 찾았나요?

김치교자 님이 답했다.

김: 네. 춤추는 여자와 관련된 전승이라면 문화사학이나 문화인류학이나 지역 민속학이나 관련된 이야기들이 있습니다. 춤은 그 자체로 인간과 인간, 자연과 인간을 잇는 소통의 도구고 함께 춤을 추는 것으로 사회적인 결속을 강화하고, 그 문화의 정체성을 드러내지요. 각 문화에서 춤꾼은 의미 있는 역할을 부여받습니다. 하지만 제 친구가 묘사한 춤은 어딘가 이질적이었습니다. 산발을 하고 맨발에 흰 원피스를 입고 있는 여자의 모습을 영화 속에서 발견한다는 건 이런 설명들만으로 충분하지 않죠. 말씀하신 것처럼 크

리피파스타, 도시전설처럼 현대적인 요소가 들러붙어 있는 것처럼 보입니다. 결과적으로 딱 들어맞지는 않다는 걸 알게 되지만 당시에 단서를 찾긴 했습니다. 제 친구가 겪은 일은 빼고, '춤추는 여자'에 대해 다른 연구자분과 이야기할 때였죠. 아마 작가님도 알고 계실 텐데요. 아카키타루 님이라고.

물론 알고 있었다. 아카키타루(@blaze0909) 님은 좀 더 서먹서먹한 관계이긴 하나 김치교자 님과 마찬가지로 내 트친이었다.

아카키타루 님은 김치교자 님이 '춤추는 여자'에 대해 이야기하자 자신이 알고 있는 '춤추는 여자 괴담'에 대해 이야기했다. 김치교자 님은 당시에 처음 읽은 도시괴담이었지만 나는 다른 버전으로 읽었을 뿐 알고 있는 이야기였다.

김: 몇 년 전 웃대 공포 게시판에 올라와서 소소하게 인기가 있었던 괴담인데, 원본은 '춤추는 갓파'에 대한 5ch 쪽 괴담이라고 하더라고요. 갓파는 한국 정서에

맞지 않으니 번안된 버전이 더 널리 알려진 것 같습니다. 뒤에 이야기할 내용도 갓파 버전이 아니라 번안 버전이니 번안 버전으로 읽어주시죠. 링크는 다음과 같습니다.

  내가 읽은 것은 '소녀왕국'이란 5ch 괴담 번역 블로그에서 읽은 '춤추는 갓파' 버전이었으므로, 다시 읽어보기로 했다.

제목: 아주 무서운 이야기까진 아니지만 섬뜩할 수도
글쓴이: 뚜방뚜방
내용:
얼마 전에 친구 동생이 교통사고를 당했어.
트럭에 치였는데, 다행히 크게 다친 건 아니었어. 동생에게 사고 당시 기억이 없긴 했지만, 사고로 뇌진탕이 일어나고 기억에 문제가 생기는 경운 생각보다 많다고 해.
문제는 좀 다른 부분에서 생겼지.
트럭 운전자가 동생이 '춤을 추면서' 차량 쪽으로 달려들었다는 거야. 트럭의 블랙박스 사각에서 난 사고라서 트럭 블랙박스는 증거가 되지 못했고, 동생은 기억이 선명하지 않으니까 트럭 운전자의 증언에 무게가 실리게 됐어. 그 친구 동생은 혈액검사까지 해서 술과 같은 약물 문제는 없다는 증명까지 해야 했지. 멀쩡한 사람이면 차도로 뛰어들 리가 없으니까.

친구가 나한테 동생 이야기를 한 것도 그런 이유 때문이었지. 신상이 특정될 수 있으니까 확실히 밝힐 수는 없지만, 사실 나는 관련된 자료를 열람할 수 있는 직군에 있거든. 게다가 친구는 내게 불법적인 일을 요구하는 것도 아니었어. 이해할 수 없는 일이 일어났으니 이게 어떻게 된 일인지 확인해달라고 한 것뿐이니까.

나는 그 지역의 동료 직원을 찾아가서 그 도로에서 혹시 비슷한 다른 사건이 있었는지 확인해달라고 부탁했어. 그러니까, '춤을 추면서 차량에 몸을 던진' 사람이 있는지 확인해달라고 한 거지. 그러자 그 동료 직원은 어떻게 그 사건을 알고 있냐면서 이야기를 해줬어.

사실 그 동료 직원만 비슷한 사건을 두 건 알고 있었어. 하나는 6개월 전, 하나는 2년 전 사건이었는데 각각 뺑소니와 무단횡단 사망 사고로 처리되었었지. 개별 사건처럼 보이지만 증인 진술에서 사망자가 사망하기 전에 '춤을 추고 있었다'는 공통점이 있었다는 걸 알게 돼. 그 동료 직원은 그 도로에서 이상한 일이 있다는 걸 알고 있지만 그런 공통점만으로 혐의를 묶어 사건을 조사할 수 없다고 말했어. 친구는 내가 전해준 이야기를 완전히 납득할 수는 없어 하는 눈치였지만, 동생에게 유리한 증거가 없다는 것도 사실이라 사건은 유야무야 처리되었지. 이상한 사건이긴 하지만 달리 해결할 방법은 없어 보였고 잊기로 했어. 하지만 그러지 못했지.

한 달 뒤쯤인가, 그 동료 직원에게 연락이 왔어. 또 사고가 났다는 거야. 어린아이가 치였고 현장에서 사망했지. 아마 신문에도 났을 거야. 춤에 대한 대목은 빠졌지만, 가까운 기간 안에 연속해서 난 교통사고 때문에 상부에서도 관심을 기울였지. 물론 춤을 춘 피해자들이란 공통점을 외부에 발표할 수는 없었어. 그걸 믿지 못하는 사람도 많을 테고, 그렇다면 우리 기관에 대한 신뢰도도 흔들릴 테니까. 사건은 상부의 누군가가 알고 있는 용한 무당에게 전해졌지.

그런데 이야기를 들은 무당이 혀를 차며 "물귀신 탓이구나" 하더래. 어처구니가 없지 않아? 사고는 도로에서 일어났고 귀신 탓이라 할 수는 있어도 물귀신은 아니지. 하지만 그 동료 직원은 무심코 넘어갈 수 없었어. 처음부터 무언가 있다고 생각했던 사람이니까. 혹시나 하고 도로에 관한 옛날 자료를 모두 찾아봤더니 생각지도 않은 자료가 나왔어. 사실 그 도로는 과거에 개천이었던 거야. 상하수도를 새로 깔면서 개천에 물이 말랐고, 그 개천 위에 땅을 덮어서 도로를 만들었던 거지. 이 사실이 알려지자 상부 쪽에서도 무당의 말을 무시하긴 힘들어졌어. 무당은 그 도로를 파내서 굿을 해야 된다고 했는데, 대외적으로 그렇게 발표할 수는 없었지. 상부의 누군가가 아이디어를 냈어. 사고가 자주 나는 도로니까 공사에 들어간다고 하면 된다고.

도로를 파내고 얼마 되지 않아 백골 한 구를 발견했어. 신원 증명이 불가능할 정도로 오래되긴 했지만 시신이 발견된 위치나 별다른 외상이 없었다는 점, 젊은 나이로 보인다는 점에서 익사로 추정되었지.

그러니까 이런 거였어. 물귀신은 물에 빠져서 죽었고, 오고가는 사람들을 홀려서 물에 빠트려 죽이려고 했어. 그게 과거 개천의 중심이었던 도로 한가운데였지. 그런데 도로는 막혀 있고, 무엇보다 물귀신은 '지상에서 허우적댈 수밖에' 없었지. 그래서 그런 물귀신에 홀린 사람들의 움직임이 춤처럼 보였던 거야.

다행히 제를 올리고 위령 굿을 한 뒤로 다른 사건은 일어나지 않는다고 해. 혹시 이 사건을 알고 있는 사람들은 적당히 함구해줬으면 좋겠어. 이야기 읽어줘서 고마워.

좋은 도시괴담이었다. 내가 읽었던 갓파 버전의 원안은 일종의 농담에 가깝다. 갓파가 묻혀 있는 자신의 개천으로 내려가지 못해서 헤매고 있었다는 이야기였기 때문이다. 하지만 번안된 버전은, 물귀신이 춤을 추는 모양이 사실은 사람이 물에 빠져 허우적대는 모양처럼 보인다는 연결이 좋았다. '나무를 우회해서 도로를 내는 이야기'의 변형처럼 보이기도 하고. 하지만 나는 이 이야기에서 빠져나와 김치교자 님의 이야기로 돌아가야 했다.

나: 로즈버드 님이 말씀하셨던 '춤추는 여자'가 이 이야

기 속의 물귀신이라는 건가요?

김: 묘사는 일치한다고 생각해요.

나: 다른 부분은요?

  나는 퉁명스럽게 던지긴 했지만 이쯤하면 꽤나 공을 들였다는 부분을 인정해야 했다. 앞선 '그림자놀이' 크리피파스타는 게시일이 최근이지만, 이번 '춤추는 여자' 도시괴담은 이제 10년이 되어가는 게시물이다. 둘 다 김치교자 님이 썼을 거라고 생각하진 않지만, 이 둘을 엮어서 이야기를 해보겠다고 한 이상 이것 다음의 무언가도 준비해둘 가능성이 있어 보였다.

  내가 궁금한 것은 '이 정도 공을 들여서 소설을 써달라고 하는 이유'였다. 차라리 돈을 달라고 했으면 납득이 될 것이다. 그냥 트친 하나에게 무서운 이야기를 들려주는 건 수지가 맞지 않는다. 이때까지는 이것을 활용해 소설을 써야겠다고 생각하진 않았지만, 그래도 김치교자 님의 의도를 파악하기 위해서라도 이야기를 끝까지 들어볼 필요를 느끼고 있었다.

김: 저는 혹시나 하는 마음으로 친구의 방문 기록을 제목으로 검색했어요. 그러자 이전 방문 기록에, 웃대 공포 게시판, 해당 게시물의 페이지에 들어갔던 기록이 있더군요. 그러니까 방금 읽으셨던 도시괴담을 제 친구도 읽었던 거죠.

나: 꽤 놀라운 우연의 일치네요. 하지만 무서운 이야기를 즐기는 사람이라면 그런 페이지에 들어가는 경우는 왕왕 있죠. 게다가 저도 다른 버전이지만 알고 있는 이야기였거든요.

김: 저는 단순히 우연의 일치로 볼 수는 없었어요. 우선 그 친구는 호러영화라든가, 무서운 것이라면 그다지 좋아하지 않는 친구였으니까요. 무엇보다 그 페이지는 구글에 '아주 무서운 이야기'를 검색해서 나열된 웹페이지 중 하나를 클릭한 결과였죠. 무서운 이야기를 자신이 읽고 싶었다면, 다른 이야기도 찾아봤을 텐데 말이죠.

나: 그럼 우연이 아니었다는 건가요?

김: 네. 저는 제 친구가 그걸 검색하던 날, 특별한 장소에 있었다는 걸 알게 됐어요.

김치교자 님은 달력을 보고 그 검색 기록이 있던 날 자신의 친구가 어디에 있었는지 알아냈다. 김치교자 님의 친구는 국어국문학과 학술답사에 가 있던 때였다. 국문과는 MT를 대신하여 지방에 있는 고령의 주민들을 찾아가 해당 언어나 이야기를 채록하는 행사를 하는데, 이를 학술답사라고 했다. 이런 방법을 통해서 민속학이나 문화인류학 연구 등에서 사용하는 과거의 이야기나 과거 생활과 관습, 개인사 등을 기록하고 보존하는 것이다.

 김치교자 님은 친구의 학교, 학과를 찾아가 당시 학술답사를 함께했던 학생들을 직접 만났고, 당시에 무슨 일이 있었는지 자세히 들을 수 있었다. 김치교자 님은 당시 학생들과 했던 대화를 녹음하여 내게 원본과 텍스트 파일을 전달했다.

 "……그럼 제 친구는 그때까지 채록 진행을 하지 못했던 건가요?"
 "아, 네. 그 선배는 16년 동안 채록을 허락해주지 않은 재담꾼 할머니를 노리고 있었거든요. 16년이라고 해도 답사 장소는 매년 바뀌니까, 큰 의미는 없지만. 그래도 다른 학교 학생들이나 선생님들도 채록을 못 하신 분이라고 하더라고요."

"꼭 그분에게 이야기를 들어야 할 필요가 있나요?"

"듣기로는 굉장한 이야기꾼이었다고 해요. 60년대까지 진짜 전기수傳奇叟 일을 했다나? 그때까지 그런 일이 있었나? 솔직히 그건 잘 모르겠고. 그게 아니더라도 마을 할머니, 할아버지들이 모두 입을 모아서 칭찬을 해대는데, 정작 답사 와서 이야기를 들어야 하는 사람들은 못 하니까 속이 타는 거죠. 교수님들도 여기 올 때마다 이번에는 꼭 성공해라 하고 하니까."

"그렇게 굉장한가요?"

"뭐 이건 그냥 허풍쟁이 할아버지 이야기지만, 이런 이야기가 있어요. '오씨 할멈이 옛날에는 못된 남편을 만나서 많이 맞았다. 근데 그 할멈이 지나가던 스님한테 없는 살림에도 보시를 크게 했는데, 스님이 보답으로 할멈한테 이야기 하나를 일러줬다. 그게 엄청 무서운 이야기였는데 할멈은 보통 담이 아니라 웃어 넘겼지만 그걸 남편에게 이야기해줬더니 남편은 며칠 못 가 죽어버렸다. 완전 무시소리나 다름없다.' 이런 이야기요."

"그런 이야기까지 듣고 나면 이야기를 기록하고 싶긴 하겠네요."

"그렇죠. 그래서 선배도 욕심이 났을 테고. 특히 '그 무서운 이야기'는 마을 사람들도 들어본 적이 없어서 학술적으로 가치도 있을 것 같았고요. 듣고 보면 흔한 원혼담일지도 모르지만. 어쨌든 듣지 않고 판단할 수는 없고."

"그래서, 제 친구는 그 이야기를 들은 건가요?"

"네네. 어떻게 했는지는 모르겠지만요."

"그럼 채록도 했겠군요?"

"그렇겠죠? 그런데 말씀해주셔서 제가 확인을 했는데, 선배가 아직 보내주지 않으셔서 조교 선생님이 취합을 못 했다고 하더라고요. 그러니까 아마 선배 스마트폰이나 노트북에 있겠죠."

나는 되물을 수밖에 없었다.

나: 그럼 '그 무서운 이야기'를 현재 가지고 계시겠군요?

김: 네.

나: 대충 어떤 이야긴가요?

김: 무서운 이야기라곤 했지만 원혼담보다는 과장담에 가까운 이야기였어요.

나: 과장담이라고 한다면?

김: 허풍담이라고도 하는데, 유명한 걸로는 중들의 절 자랑이란 이야기가 있어요. 스님들이 자신들의 절이 크고 웅대하다는 자랑을 하는데, 딱 들어도 거짓말이거든요. 해인사 스님은 솥이 얼마나 큰지 동짓날에 자기네 종이 팥죽 지으러 갔는데 아직도 돌아오지 않는다 하고, 그 말에 석왕사 스님은 자기가 오기 전에 뒷간에서 변을 봤는데 아직도 뒷간 바닥에 떨어지질 않는다 하는 식이죠.

 그럼 무섭다기보다는 웃긴 이야기 같았다. 옛날에 유행했던 만득이 시리즈나 최불암 시리즈의 원형인 민담인 듯했다.

나: 그런데 앞서 이야기했던 '아주 무서운 이야기' 검색 기록은 어떻게 연결될까요?

김: 그 부분이 중요한데요, 이게 사실 제가 이야기를 듣긴 했지만 완전히 이해하진 못했거든요. 한번 읽어보시고 말씀해주시겠어요?

나: 뭐, 그러죠.

채록된 것이라 읽기가 곤란하면 어쩌지 했는데 다행히 표준어 대역이 되어 있었다.

옛날에 이야기꾼 셋이 모여 무시소리를 뽑기로 했다. 무시소리라는 건 무서운 이야기를 가장 잘하는 이야기꾼이다.

첫 번째 이야기꾼이 이야기를 시작했다.

"봇짐장수 하나가 말이야, 한낮에 산길을 넘으려는데 말이야. 도깨비 하나가 나타나는 거야. 봇짐장수는 그래도 소싯적에 씨름을 좀 해서는 자신이 있었지. 아니면 떡이나 달라 하면 몇 개 쥐여주고 말 생각이었어. 그런데 그 도깨비가 '네 이놈, 그림자를 내주지 않으면 이 고개를 넘어가지 못한다' 하는 거야. 봇짐장수는 이거 큰일이구나 생각했지. 그래서 도깨비가 그림자를 확 잡아가려는 걸 붙잡고 종일 붙들고 있었어. 해가 질 때까지 그러고 있었지만 도깨비가 봇짐장수 그림자를 뺏어가질 못했지. 봇짐장수는 해가 중턱에 걸리는 걸 보고 '이제 다 됐다' 생각했는데, 도깨비가 잔뜩 성을 내는 거 아니겠나. '에잇, 그럼 네놈을 가져가야겠구나!' 그러고 도깨비가 봇짐장수를 가져가버리고 그 자리엔 봇짐장수 그림자만 남았지."

그 이야기에 다른 두 이야기꾼이 무서워 벌벌 떨고 오줌을 지렸다.

진정이 되자 두 번째 이야기꾼이 이야기를 시작했다.

"가난한 집 사는 농부 하나가 있었어. 농부에게는 몸이 성하고 튼튼한 아들, 그리고 큰 병에 걸린 어머니가 있었지. 그런데 어머니의 큰 병이 도저히 낫질 않는 거야. 그래서 영험하다는 산속 도사를 찾아갔더니 도사가 그러더래. '어머니를 살리려면 아들 생간을 먹이는 수밖에 없구나.' 농부는 큰일이다 했지만 제 아들보다는 어머니 목

숨이 중하다 생각했지. 그러고선 어머니는 놔두고 아들을 저 깊은 숲속으로 데려갔어. 한참을 고민하다 겨우 아들을 죽이고 배를 갈랐는데, 숲속에서 피 칠갑을 한 도사가 튀어나오는 거야. 도사가 재주를 넘더니 꼬리 아홉 달린 여우가 됐어. 그러면서 '횡재다, 횡재! 멍청한 농부 덕에 간을 세 개나 얻었구나!' 외치면서 도망가는 농부를 쫓아갔지."

그러자 다른 두 이야기꾼이 무서워서 입에 거품을 물고 혼절해버렸다.

깨어난 세 번째 이야기꾼은 '아이고, 도저히 내 이야기로는 안 되겠다' 생각을 했다.

그런데 어째서인지 세 번째 이야기꾼이 이야기를 하고 나니 다른 두 이야기꾼이 너무 무서워서 그 자리에서 죽어버렸다. 그리하여 세 번째 이야기꾼이 무시소리가 되었다.

당장 알 수 있는 게 몇 가지 있었다. 어떤 이야기든지 이야기를 전달하기 위해선 살아남아 있어야 한다. 즉, 누군가가 죽는 이야기라면 그 이야기 속에서 살아 있는 사람이 이야기꾼이다. 그러니 첫 번째 이야기꾼은 사람을 빼앗은 도깨비고, 두 번째 이야기꾼은 간을 빼앗은 구미호다. 그러니 세 번째 이야기꾼 또한 무시하지 못할 만한 존재임을 유추할 수 있다. 이야기에 몇 가지 의문점이 있었고 이해를 위해선 그 부분을 질문할 수밖에 없었다.

나: 이걸로 끝인가요?
김: 아뇨. 완성된 버전은 아니거든요. 세 번째 이야기꾼의 이야기가 있어요.

  이제부터가 중요하다. 이게 나의 첫 번째 무서운 이야기이므로 제대로 읽어야 한다.
  '세 번째 이야기꾼의 이야기가 있다'는 말에 나는 진실을 깨달았다. 힌트는 모두 주어졌고, 모든 의문도 풀렸다. 그때는 이렇게까지 명료하게 인식하진 않았지만, 독자를 위해 정리해보자면 김치교자 님의 이야기에는 다음과 같은 의문이 남아 있다.

1. 김치교자 님은 왜 내게 이 이야기를 하는가?

2. rosebud 님은 왜 실종되었는가?
3. rosebud 님은 왜 '아주 무서운 이야기'를 검색했는가?
4. 세 번째 이야기꾼의 이야기는 무엇인가?

이 의문을 해결하기 위해선 거꾸로 짚어가야 한다. 세 번째 이야기꾼은 분명 말한다. '아이고, 도저히 내 이야기로는 안 되겠다.' 즉, 자신이 알고 있는 이야기를 하지 않았다. 아주 간단한 구조의 민담이라고 해도, 아니, 간단한 구조의 민담이기 때문에 쓸모없는 문장은 삽입되지 않는다. 저 문장은 액면 그대로 받아들여도 된다. 그러니 답은 이렇다.

4. 세 번째 이야기꾼의 이야기는 무엇인가?
답: 세 번째 이야기꾼은 다른 사람에게 무서운 이야기를 해달라고 했다.

다른 사람이 누구인가? 바로 저 '무시소리 이야기'를 듣고 있는 청자다. 즉, 오씨 할머니는 채록 중인 rosebud에게 무서운 이야기를 해달라고 했다. 이제 자연스럽게 3번의 의문도 풀린다.

3. rosebud 님은 왜 '아주 무서운 이야기'를 검색했는가?
답: 이야기 도중인 할머니가 무서운 이야기를 들려달라고 해서 급히 찾아봐야 했기 때문에.

　rosebud 님은 구글에 '아주 무서운 이야기'를 검색해서 적당한 게시물 하나를 그냥 읊었다. 그것이 '춤추는 여자' 괴담이다. 자, 여기서부터는 사실이라기보다, 위의 이야기들을 근거로 할 때 일어날 수 있는 개연적인 사건이다.

2. rosebud 님은 왜 실종되었는가?
답: 세 번째 이야기를 들으면 죽기 때문에.

　이것을 이해하기 위해선 rosebud 님이 채록하던 채록 당시의 상황을 그려보아야 한다. 오씨 할머니는 이야기를 멈추고 rosebud 님에게 무서운 이야기를 해보라고 한다. rosebud 님은 급하게 무서운 이야기를 찾아 들려준다. 오씨 할머니가 그 무서운 이야기를 '자신'의 것으로 만드는 방법이 있다. 설명하기 전에 예시를 들자면 이렇다.

A: (책상에 턱을 괴고서) 한 학교에서 매번 1등을 하는 애와 2등을 하는 애가 있었는데, 2등을 하는 애는 1등만 없으면 1등을 할 수 있다고 생각했어. 그래서 1등을 옥상으로 불러서 등을 떠밀어 죽였지. 불쌍한 1등은 담장에 떨어져서 허리가 잘려 죽었어. 그 뒤로 이상한 소문이 들려와. 자정만 되면 학교에서 콩콩콩 하는 소리가 들려온다는 거지. 2등은 공부를 위해 자정까지 학교에 남아 있는데, 콩콩콩 소리를 들어. 그 소리가 가까워지자 그 애는 교탁 아래 숨지. 몰래 숨어서 보니 다리만 있는 1등이었어. 다리가 지나간 뒤 2등이 빠져나왔어. 그런데 그 뒤에…….
B: 그 뒤에?
A: (팔꿈치를 발처럼 짚어 B에게 다가가며) 여기 있었구나!

이 이야기를 빼앗으려면 B가 먼저 말하면 된다.

B: (A의 다리를 갑작스레 당기며) 내 다리 내놔!

 그러니 오씨 할머니는 rosebud 님이 이야기를 마치기 직전에 물귀신처럼 춤을 추면서 이렇게 말하는 것이다. "내가 아직도 사람으로 보이니?"
 글쎄, 이렇게 말하는 건 딱히 무섭지는 않다. 오씨 할머니라면 더 좋은 문장을 찾아냈겠지. 그리고 그런 건 별로 중요하지 않다. 중요한 건 정말로 rosebud 님에게 그 물귀신이 나타났다는 것이다. 즉 오씨 할머니의 '무시소리 이야기'는 이야기와 현실의 경계를 무너트리고, 청자를 이야기 속의 인물로 당겨온다. 어쩌면 이 이야기를 너무나 현실적인 것처럼 느끼게 만드는 채록에서는 느낄 수 없는 어떤 비언어적 메시지가 오씨 할머니에게 있었을지도 모른다.
 그리고 무너진 이야기의 현실성은 rosebud 님의 현실을 침범했다. 자신이 말했던 춤추는 여자 괴담의 세계가 rosebud 님의 세계와 중첩된 것이다. 어째서 다른 창작물에서 물귀신을 본 것인지, 물귀신이 나타나는 특정한 도로가 아니어도 물귀신을 보는 것인지는 미지수로 남지만, 이야기에서 시작해 점진적으로 현실에 가까운 것들을 침범해 현실로 다가간다고 볼 수 있을지도 모른다.

여기서 알 수 있는 사실은 세 번째 이야기를 들으면 현실과 이야기의 경계가 사라지고 결국은 실종되거나 죽을 거라는 것이다.

이제 마지막 질문이다.

1. 김치교자 님은 왜 내게 이 이야기를 하는가?
답: 세 번째 이야기에서 벗어나기 위해서.

세 번째 이야기를 들으면 실종되거나 죽는다. 하지만 오씨 할머니처럼 실종되지도, 죽지 않는 경우도 있다. 다른 주민은 담이 크다고 말했지만 방법은 좀 더 단순하다. 이야기를 듣는 사람이 아니라, 이야기를 하는 사람이 되면 되는 것이다.

오씨 할머니는 이야기를 통해 자신의 남편을 죽였다. 그런 다음 죽지 않고 살아남았다. 이 논리를 따른다면,

아마 세 번째 이야기를 들은 사람은 자신이 다시 이야기를 해서 다른 사람을 죽인다면 이야기를 듣는 사람에서 이야기를 하는 사람으로 위치가 뒤바뀌어서 살아남는다고 볼 수 있다.

rosebud 님은 이 사실을 이해하지 못해서 다른 사람에게 이야기를 들려주지 못해 실종됐다. 반면 비극적이게도 김치교자 님은 rosebud 님이 실종된 뒤에야 세 번째 이야기를 채록을 통해 들었고, 이해해버렸다. 김치교자 님은 살아남기 위해 세 번째 이야기를 들을 사람을 찾아야 했다. 그리고 그게 나였다.

특별한 원한이 있어서가 아닐 것이다. 아마 내가 김치교자 님의 트친 중 많지 않은 소설가라서 그랬을 것이다. 소설가라는 건 이야기를 잘하는 만큼 잘 이해하기도 하고 관심도 많다. 집중력이 떨어질 만한 대목에서라도 집중력을 발휘할 수 있다. 어떤 조건에서 세 번째 이야기가 제대로 작동할지 알 수 없으므로 가능한 한 많은 정보를 전달해야 하는데, 이야기에 관심이 없는 사람이라면 무시해버릴지도 모른다.

소설가는 그렇다 치고 왜 나일까? 짚이는 부분은 있

다. 완전히 낯설지는 않으면서 데면데면한 트친이라 이 야기를 완전히 무시할 사람이 아니라는 점, 그리고 현실에서의 인간관계가 아니기에 죽어도 별로 아쉽지 않은 인물이기도 하다. 어디 죽을 만한 사람을 찾아서 급하게라도 사귀면 더 좋겠지만 김치교자 님에게 그렇게 시간이 많지 않은 걸지도 모른다.

내가 잠깐 생각에 빠진 사이, 김치교자 님이 채팅을 치기 시작한 듯 '…' 표시가 떠올랐다. 당장 김치교자 님이 '내가 무시소리다'라고 하면 나는 그것을 세 번째 무서운 이야기로 받아들일 것이다.

하지만 김치교자 님은 내가 어느 정도 이 이야기를 이해했는지 알고 있지 못했다. 아마 지금도 '그래서 세 번째 이야기가 뭔가요?' 하고 되묻길 기다리고 있을 테니까. 단순히 차단을 하거나 내가 트위터에 들어가지 않을 수도 있지만 완벽하진 않았다. 트위터가 아닌 다른 수단으로 연락을 취해와 내게 세 번째 이야기를 할지도 모르니까. 이럴 때는 선수를 쳐야 한다.

나: 세 번째 이야기가 뭔지 알겠어요. 다른 이야기꾼들

은 세 번째 이야기꾼의 이야기가 재미없어서 죽어버린 거 아닐까요? 소설로 쓰긴 좀 그렇네요. 여기까지 하죠.

나는 혹시 몰라 그대로 김치교자 님을 차단까지 하고 트위터도 당분간 하지 않기로 했다.

두 번째 무서운 이야기

내 추론에 무언가 부족한 점이 있는 게 분명했다. 그래서 트위터에 들어가지 않는 것과 별개로 개인적인 조사를 시작했다. 현지 조사를 핑계로 글은 쓰지 않고 밖을 돌아다녔다. 오씨 할머니란 인물이 국문학과 현지답사에서 잘 알려진 인물이라면 내가 알고 있는 국문과 출신들, 그리고 그 사람들의 지인 중에도 알고 있을 만한 사람이 있을 터였다. 그런 전설 속 인물이 있긴 했으나 시기가 미묘하게 어그러졌다. 오씨 할머니는 10년도 더 전에 죽었다. 오씨 할머니만이 아니었다.

오씨 할머니를 두고 김치교자 님과 rosebud 님의 후배가 한 녹취 파일에서, rosebud 님의 후배로 짐작되는 인물은 도저히 찾을 수 없었다. rosebud 님의 학교에는 그런 인물이 없었던 것이다. 때문에 오프라인에서 김치교자 님의 흔적을 찾아보려는 내 노력은 허사로 돌아갔다.

물론 김치교자 님의 흔적은 비교적 쉽게 찾아낼 수 있었다. 트위터로 돌아가자 내 DM에는 많은 메시지가 남겨져 있었다. 김치교자 님으로부터 100통이 넘는 DM이 와 있었는데, 텍스트로 된 것은 전혀 읽지 않았고 최근에 온 사진만 확인했다. 머리를 치렁치렁하게 기른 흰 원피스를 입은 여자가 춤을 추는 듯한 모습이 연속해서 찍혀 있었다.

이런 일에 대해 논리적이고 이성적인 태도를 취할 수는 없다. 애초에 그런 방법론이 통하지 않으니까. 이해할 수 있다고 생각했던 구조는 무너졌다. 나는 무시소리라는 것에 대해 찾아보았다. 그리 정보가 많지는 않지만 ① 무서운 이야기를 가장 잘하는 요괴, 그리고 ② 무서운 이야기를 좋아하는 요괴라는 것 같다. 내 DM통에 있는 김치교자 님의 사진이 무시소리의 경고고, 김치교자 님이 내게 접근했던 표면적인 이유가 실제적인 이유라면 내가 할 수 있는 것은 그렇게 많지 않을 것 같다. 최선을 다해보고, 아니면 어쩔 수 없는 것이다.

세 번째 무서운 이야기

그렇다면 내가 왜 이 소설을 썼는지 당신은 이해했을 것이다. 이 문장을 읽고 있다면 이미 늦었다. 이제 이것은 당신의 이야기다.

도깨비불

비티

옛말 그른 것 하나 없다. 구시대 담화가 중해봐야 얼마나 중하겠냐고 말하는 이조차 종국엔 그 사실을 깨닫게 된다. 다만 만사가 그러하듯, 깨달음에 늦고 빠름이 있을 뿐이다. 아버지 이야기를 귀담아듣지 않았더라면 나 또한 귀한 격언을 때늦게 통감하였을 것이다.

까마귀는 요란한 날갯소리를 낸다. 새답지도 않은 날짐승은 늦닭도 진작 입을 다물 적에야 나타나 투덕투덕에 가까운 날갯짓으로 정오를 알렸다. 파공음은 둔탁하게 요동친다. 투, 투, 투, 투. 객쩍이 하늘을 보다가도 기미가 느껴지면 금세 고개를 돌렸다. 때때로 나타나서는 한동안 날갯죽지로 정신을 휘저어놓는 광경을 보면 까마귀가 고금의 흉조였던 데에도 으레 영문이 있다.

해가 넘어간다. 여광에 숨이 붙어 있을 동안, 명부를 들고 차례차례 마을 방문을 두드렸다. 밤중에는 근신하시오. 문을 걸어 잠그기 전에 자리끼와 요강을 챙기시오. 그리고 또, 부상負傷은 없소? 이름에 점을 찍고 끝으로 당부했다. 웅웅 소리를 조심하시오. 듣고 띄엄띄엄 고개를 끄덕이는 것이 전부인 구닥다리 관례에 불과한들, 밤 팔八 시가 되기 전에는 통금을 통첩하고 점명點名하는 것이 내 소임이었다.

명부에는 박 할배, 이름 석 자도 적혀 있다. 소싯적부터 안부 인사를 헛소리로 뇌까리던 인사人士다. 젊어서부터 제정신은 아니었던 탓에 어른들은 그의 노망도 수순이었다고 말했다. 망령妄靈만 든 것이면 경복일 노릇이다.

말소리가 한낱 바람 소리만도 못한 처지가 안타깝던 것도 옛일이고, 지금은 검은자위가 돌아간 특유의 표정에 진절머리부터 난다. 허나 점명은 근본에 외인外人이

가당찮다. 금시 같은 몸 성한 생활은 필시 고까운 이름도 빼놓지 않은 점명의 덕택이다.

마침내 마지막 이름에 점을 찍으러 가면서도, 걸음이 탐탁지 못했다. 만사에 조짐이 있으면, 까마귀는 흉조凶兆다. 오비烏飛에 이락梨落한다는 법은 없지만 불길함은 막연하면서도 살에 스치듯 날이 서 있기 마련이다. 돌연 박 할배가 억지를 피운다면 늙은이가 상대인들 고투는 반갑지 못하다. 간밤엔 박 할배가 사라져, 이슥할 때부터 닭이 삼 홰는 울 때까지 마을을 뒤집고 다녔으니 꺼리지 않을 방도가 없었다.

'오라질 노친네만 없었어도.'

예로부터 어른을 존경하라고는 하지만 이 시대의 통념은 박 할배의 부재다. 그나마 호소식은, 애꾸눈 손 씨가 대신 할배의 방문을 잠그고 내게 보고하러 왔다는 것이다. 입으로 쁙쁙 하는 소리를 내며 나를 찾았다. 명부에 점을 찍는 와중, 손 씨가 물었다.

"점명이야 적당히 점호로 갈음해도 될 텐데, 어찌 매 저녁 문을 두드리고 다니는감?"

"낫은 풀 베라고 있듯 지키라고 있는 법도도 지킬 따

름이지. 노인네는 상태가 어떤가?"

 물음에 걸핏 난색이 돌았다. 손 씨는 검지 손톱으로 피골상접한 눈 밑 뼈를 무던히 긁적인다. 모종의 배려다. 손짓뿐 자초지종은 함구하여 퍽 알기 난해하였다만 난처한 처지라도 알아챌 수 있었으니 요지부동보단 차라리 나았다. 미상불 뜸을 들이다 드디어 입을 연다.

 "예삿일이라면 예삿일이지마는, 까마귀 소리를 듣고는 소리를 지르는 게 아닌감. 인제야 어찌어찌 재웠는데, 꽁무니를 쫓겠다고 고집을 부려, 막느라 애 좀 먹었네. 초벌 주검이 힘은 뭐 그리 좋은 건지."

 "늘상 있는 일이야. 드문드문 날아다녀서 천만다행이지, 만날을 체공했으면 삼백예순 날은 도망하는 박 할배 꽁무니나 쫓으며 살지 않았겠나? 그러니 유난한 구석이 없었으면 괘념할 일은 없네."

 "한결같기로는 나라에서 제일가는 양반의 유별나기가 어제오늘 일은 아니겠다만, 오늘은 잡아와 잠을 재운 아침부터 무언가를 봤느니 뭐니 잠꼬대를 복창하지 뭔가."

 "먼젓번엔 수레, 그 전엔 모자 쓴 놈 보고 봤느녜 왔느네 난리를 떨었으니 올해 들어서만 세 번이겠네. 매사도 유별나면 범사지."

방은 지척에 있다. 나는 답하며 농籠 서랍에 피리를 정돈해 넣었다. 까마귀를 부른다던 심기깨나 궂은 피리다. 구멍은 없고 꼬리가 달려 있다. 선친의 유물인데, 무슨 곡절로 지니고 다니는 것인지는 당신조차 모르셨다. 다만 항상 몸에 지니라는 말씀을 따를 따름이다.

"그러고 보니 오늘은 자네가 불침번이던감?"

고개를 끄덕였다. 손 씨는 구태여 말을 잇지 않았다. 괜스레 수선의 구체를 물으며 힘을 허비할 이유는 없었다. 대꾸는 부득불 노고를 본 나와 손 씨 간의 예의치레다.

머지않아 손 씨는 방으로 돌아갔다. 나는 덜레덜레 수통을 들고 마을 위에 자리를 잡았다. 야밤은 원망도 응망도 할 구석이 없다. 허나 소임이 있다. 이제 겨우 팔 시다.

여름은 겸연쩍기보다 싫은 계절이다. 대서 끝물까지 양광에 달궈진 밤바람이 불어 숨 쉬는 것이 퍽 궁상맞다. 또 유난히 궂은 날 상처가 잘 난다. 나는 여름을 상처의 계절이라 불렀다. 호흡이 찝찝하다. 또 모기 물린 곳이 유별하게 가려워온다.

 무료하다. 여름을 염오하는 까닭을 세는 오락이라도 하지 않으면, 인고는커녕 그대로 잠들기 십상이다. 평소에도 어렴풋하던 박명조차 종국엔 삭아 남은 것이라곤 달빛 교교함밖에 없는데, 금야는 호선이 고작인 그믐달이 떠 초입부터 암흑이었다.

 이슥 바람 소리마저 잠적해버릴 줄은 몰랐다. 맥박이 유일한 몰각 중에 나는 늘상 숲 있는 먼발치를 주시한다. 아무것도 없었고, 없을 그저 숲을. 오늘도 으레 나무밭은…….

 "도깨비불……!"

 하나.

 둘이고,

 셋, 넷……. 도합 두 짝 불덩이 열 개가 떠다닌다. 고개를 뻗어 그 무리를 훑어보았다. 노골적으로 발광하는 빛의 거리를 가늠했다. 저것은 이二 리는 너머의 숲에 있다. 재차 상하로 들썩이며 움직였다. 흡사 등불을 매단 인간의 양식이다. 더위를 먹고 환각하는 것이 분명하다.

 눈을 비벼 착시를 닦아냈다. 여전히 도깨비불이 있다. 수통을 째로 들이켰다. 불이 운산雲散하는 일은 없다. 도깨비불이라니. 내가 몽중 공염불을 뱉고 있는 것일 테다. 허나 혀는 멀쩡하다. 오락 중에 기어코 잠에 든 것인가?

 갖은 탐구가 근근 청승맞은 공상 꼴을 면하지 못한다. 땀 흘린 팔을 쓸어내렸다. 곤두선 털이 억세게 손바닥을 긁었다. 또 한 번은 팔을 꼬집는다. 또렷하다. 아프다. 나는 틀림없이 도깨비불을 보고 있다. 다불과 다섯 쌍밖에 안 되는 수에도 무리 지은 불덩어리는 대동한 빛무리로 나무줄기와 잎사귀의 윤곽을 드러내고, 희끄무레한 빛은 가일층 선명해지는 영락없는 귀화인 것이었다.

 문득 아버지께서 하신 신신당부의 말씀을 떠올랐다.
 '도깨비불이란 것이 있다. 불각시 밤이면 무리를 지어 숲에 떠오르며, 보기에 영롱해 자칫 주시하다가는 홀리는 수가 있다.'
 옛 말씀을 계속 떠올렸다.

'움직이는 모습이 꼭 너울대는 짐승의 머리 같으나, 실상은 징조. 귀화는 오래지 않아 도깨비를 대동한다.'

도깨비……. 아버지께선 늘상 도깨비를 주의하셨다.

'도깨비는 귓것이다. 밤에 나타나 까마귀가 날기 전에 피 흘리는 자와 부상자를 잡아간다. 김 서방이라고도 하는데, 옛말에 결코 그 이름을 불러서는 아니 된다고 하였다. 도깨비불이든 도깨비일랑 보거든 그 사실을 철저히 숨겨 혹여나 귀화를 보는 이가 없도록 해야 한다.'

동향動向을 보았다. 도깨비불은 여전히 숲에 품긴 채, 나무 사이를 왕래한다. 미끄러지듯 방으로 달려가 창문을 보았다. 문을 달으면 정적이다. 남창南窓으로는 동녘 숲을 볼 수 없고, 불빛은 기별 하나 없다. 마을 창은 모두 남향한다.

허나 마을 사람에겐 숨겨도 도무지 숨길 수 없는 당직이 있다. 손가락을 세웠다. 어제 불침번을 선 사람은 박 씨다. 박 씨가 도깨비불에 대해 알 리는 전무했으나, 아무런 보고도 듣지 못했다. 그렇다면 저것은 내가 처음 본 것이 분명했다.

　머지않아 도깨비를 보거나 홀린 이가 있걸랑 닭이 울기도 전에 그자를 죽여서라도 사실을 감추라던 아버지의 말이 거듭 떠오르는 것이었다.

　그 까닭은 무엇인가? 대관절 무슨 연유로 사람을 죽여서라도 감춰야 하는 것인가?

　내가 납득을 요要한다. 작은 마을에선 모깃소리도 풍문에 야단이 되어, 누가 지레 소란을 피울지 모른다. 뇌동과 소란에 도깨비가 들어올지 모른다. 누군가 잡혀갈 것이다. 마을에 구김살이 있어선 안 된다. 내 소임은 이를 막는 것이다. 그렇다면 경솔한 목격자 한 명이 죽어 마을 사람 수십 인을 구할 수 있을지 모른다. 허나 홀로 함구한다고 영영 기별까지 덮이는 것인가? 도무지 공산公算에까지 닿을 수 없다.

　내일 당직은 누구인가. 이마를 두드린다. 투, 투, 투, 투. 문 사이로 스미는 빛무리가 방해되어 한참을 눈을 감고 있은 뒤에야 순번이 생각난다. 내일은 오 청년의 차례다. 모레는 김 씨, 글피는 김 영감. 다시 박 씨. 그렇게 일순이다. 투, 투, 투, 투. 고민했다. 귀화가 사라지는 며칠은 내가 번을 서자. 허나 명분이 없다.

  명분……. 아! 잠에 들지 못하는 병에 걸린 것이다. 내가 여름잠과 서먹한 건 마을 사람이면 모르는 이가 없다. 허나 사흘을 세우면 억륵抑勒으로 재우려 들 것이다. 또 자신의 차례를 양보하지 못해 불만하는 이가 있을지 모른다. 요 며칠은 불침번이 불요할 것이라 얼버무리는 것은? 법도밖에 모르던 작자에게 무슨 바람이 분 것이냐며 환호할까? 아니, 외곬이 숨기는 것이 있다 의심할 것이다. 그리고 도깨비불이 하룻밤이면 자취를 감출지, 일곱 밤은 나타날지도 모를 일이다.

  단신 숨겨서 도통 숨겨지는 것이 아니라면, 숫제 감추라 지시하는 것이 마땅할지 모른다.

  허나, 호사가 박 씨와 오 청년은 겁이 많고 김 씨는 입이 가볍다. 김 영감은 나이깨나 먹은 양반인 만큼 도깨비에 대해 알 터였지만 숨기라고 숨길 이는 아니었다. 그렇다고 저 요사한 불덩어리에 대해 함구하였다간, 처음 귀화를 보고 지레 겁먹거나 아주 사라질지 모를 일 아닌가? 투, 투, 투, 투. 강구한다고 명답안이 떠오르는 건 아니다. 구태여 꼽자면 애꾸눈 손 씨가 적자겠다.

투, 투, 투, 투. 죽일 놈의 흉조 소리가 기어코 고심을 잡념으로 추락시킨다. 투, 투, 투, 투. 날개 굉음과 함께 까마귀의 형체를 상기했다. 재차 고개를 흔들면 잡귀 잡념이 떨어질련지. 거듭 재고해보아도 귀화가 나타난 것은 내가 박덕薄德하여 까마귀를 본 탓이다.

훌훌 잊히는 것이 없다. 하필 금일이 출몰시出沒時란 말인가? 아니, 오늘이라 다행이다. 작일이었다면, 내일이라면, 당직인 내가 없었다면. 불시에 출몰하는 이상 미상불 현황이 최선이다. 그럼에도 원망한다. 까마귀님께서 누추한 구석까지 내방하셨느니, 나타나셨느니 왔느니 봤느니 타령이 아주 마땅할지 모르겠다. 타령에는 또한 소리꾼이 있기 마련인데…….

아뿔싸.

박 할배가 보았다는 그것은 대체 무엇이지?

갖은 염려가 박 할배의 이름 석 자에 모두 지워진다. 박 할배가 아침부터 군소리를 뱉었다고 하였다. 허나 무엇을 보았는지를 모른다. 만약, 잠적한 간밤 동안 도깨비불을 본 것이라면?

단전에서 내쉰 숨이 목구멍에 걸린다. 그대로 주저앉아 관자놀이를 붙잡았다. 침상이 등골에 부딪힌 뒤에야 불안에 단전부터 막힌듯 답답하다는 것을 깨달았다. 늑골이 맞은 벽에 느긋이 짓눌리는 것이다.

박 할배는 본 것을 실토할 것이다. 허나 때를 모른다. 천치의 말은 입을 막는다고 멎는 성질이 없다.

새 생각마다 숨이 터억, 턱 하고 막히는 병에 걸렸다. 소란, 쏘개질, 뇌동과 도깨비……. 탈각한 근심에 매달린 새 우려가 저변에서 꾸역꾸역 추잡하게 기어 나온다. 내 탓이다. 미리 박 할배의 앞을 가리지 못한 내 탓인 것이다.

귀화를 보았다고 궁창에 헛소리하는 꼴을 마을 사람들이 과연 예사 광질인 줄로 여길까? 참말꾼의 도깨비불 목격담도 착란과 광증이 야기한 혼잣소리로 여기지 않을까? 그렇다면 공염불이 서 말인 박 할배의 웅변은 마이동풍으로 들릴 것이고 실로 그러하다.

옳다. 투, 투, 투, 투 하는 그것이다. 까마귀다. 박 할배가 본 것은 실지 까마귀인 영문이다. 망조가 들었으니, 흉조가 따라오는 것은 당연지사다. 아버지께서 이

르시길 '시체를 업으로 쪼는 새가 초벌 주검곤 쫓는 것은 이치다.' 맞다. 늑골이 한껏 편해졌다. 투, 투, 투, 투. 빛이라곤 문틈을 비집고 들어오는 줄기가 고작인 방에서 내 옆 웅달진 그림자가 절로 숨 쉬는 모습은 충분히 안도의 배경이 되었다. 헛번을 섰어도 박 할배의 멸렬한 중얼 소리도, 분주한 마을 소리도, 내 방에선 들릴 여지가 소거된다. 한껏 예민해진 눈은 문틈을 보고 문고리를 보고 그리고 모퉁이를 보고 내 앞에 드리운 벽의 이음새를 투덕투덕 때려본다. 곰팡내야 나지 않는다.

창을 보았다. 얼마 남지 않은 미명未明에 박명이 든다. 직무의 유기꾼에게도 볕이야 들겠거니. 여명이 눈을 찌를까? 빤히 들어올 빛에 먼지가 박혀 있을 것이다. 거저 자긴 어렵겠다.

괘념거리가 수면의 안녕 따위라면 무사태평도 농반弄半 시쳇말만은 아니겠다. 나는 누운 채 내일과 모레, 후일의 방책을 고민한다. 애꾸눈 손 씨, 피리, 명부가 보인다. 나무니, 숲이니 시답잖은 것들, 방문과 불침번서껀, 떠오를 얼굴이 떠오르지 않는 것이 참으로 기쁘다. 방도를 떠올렸다. 그렇다. 며칠간 선불침번을 자처하는 것이다. 앞선 밤 동안 도깨비불이 꺼지는 모습을 보고 교대하는 것이다. 새 순번을 확인한다고 명분을 내세우면 누가 의심하겠는가? 김 씨, 오 청년, 박 할배. 에잇, 박 할배. 까마귀가 보이지 않는다.

 늑골이 도로 눌린다. 눈동자 안쪽이 아프면서 혼잡한 잔상과 어지럼이 있다. 눈을 감으면 보이는 것이 일절 없나? 언뜻 새겨진 얼굴들은 뭐지? 아주 뚫어져라 쳐다본 것들이 아니 보이는 것이라면 보이지 않는 까마귀는 어찌 본 것이란 말인가. 나는 눈을 감고 날갯짓하는 까마귀를 상상하였다. 분명 보이지 않는다. 투, 투, 투, 투 소리는 있으나 없다. 그 형체도 매한가지다. 감은 눈꺼풀 안쪽은 밤중마냥 어둡다. 없었다. 요란한 소리를 본 것이 아니고서야 야공에서 검은 까마귀가 보일 리 없다.
 없는 것이다. 알아낸다느니, 숨긴다느니, 편안한 새벽잠조차 애저녁 가망성이 없었다. 무엇을 어떻게 해야 하지? 본 것이 귀화라는 보장은 없다. 귀화가 아니라는 보장도 없다. 목격담을 뇌까리기도 전에 죽는다면. 광증을 달고 장수한다면? 박 할배의 헛말에 나를 의심하는 자가 나타난다면? 그렇다면, 그러하다면, 정녕 박 할배를 죽여서 무언無言을 지켜야 하는 것인가? 노친네 군말이라손 맹문은 부지不知한 것 아닌가? 애당초 죽여서 숨겨지는 것인가? 타령이 물린다고 타령꾼을 죽이는 것이 정녕 최선인가?

  사고가 사유를 논박한다. 흡사 뱀말이 문란하게 제 꼬리를 물고 무는 꼬라지다.

  박 할배의 말에 행불자行不者가 나오면 그것은 내 책임이다. 허나 박 할배가 죽임당한다면, 이 또한 내 책임이다. 없는 박 할배는 마을 경사다. 하지만, 촌내 살인꾼은 마을 조사弔事다. 치받는 들숨이 유별한 가빠름으로 어깨까지 차오른다. 들숨…… 날숨. 들-숨, 날숨. 들숨 날숨. 와중에 어김없이 오라질 노인네의 우는 소리가 메아리친다. 후읍, 왔다, 봤다 하며, 후우, 내쉬고는 내 귓구멍부터 골통을 헤집어놓고 실상도 없이 이명만 두고 사라지고 있다. 머지않아 죽길 비는 박 할배의 비명이 들린다. 날 죽여라. 안 된다. 불가하다. 허나, 허나 아버지께서 요령을 이르셨다.

'도깨비불에 홀린 자가 있걸랑 목 졸라 죽여라.' 설령 그자가…….

방문을 잡았다. 닭이 운다. 기위 뜬 해가 보인다. 박 할배를 죽일 기회가 끊어지고 있다. 안 된다. 지금만이 적기다. 닭목이라도 비틀어서 일출을 막아야 할 노릇인가?

눈이 그제서야 부신다.

손을 놓았다. 내가 대체 무슨 짓을 저지르려던 게지? 황급히 손바닥을 긁어냈다. 손에 부정과 망령亡靈이 붙었다. 떼어내야 한다. 뽑아내야 한다. 샅것의 뿌리가 심원한 탓에 뽑히지 않는다. 한참을 긁고서야 깨달았다. 보이지 않을 샅것이다. 허나 방금 추태는 어떻게 숨길 것인가.

"자네 있는가?"

문이 두드려진다. 이건 박 씨다. 양손을 윗도리에 대고 치갰다. 손 가죽이 벗겨지는 한이 있어도, 이 작태를 박 씨가 보아서는 안 된다. 내 부정不正을 목격한 이가 있어선 안 된다.

"흐음, 아무도 없나?"

거듭 두드리는 방문 소리에 가일층 박동이 숨기척이 마찰음이 섞인다. 소박한 문의 소리가 이리 점잖지 못했던가. 무엇이 이토록 급박하던가. 무엇 소리가 이리 탁한가. 인因을 캐고 탐구할 경황은 없다. 어서 손과 심신의 세탁을 끝내야 한다. 나는 문을 보고는 손을 보았다.

"자네!"

문이 열렸다. 박 씨가 밀려들어온다.

"이보게, 점명은 어디 갔길래 초아침부터 답도 감감무소식이고, 어째 어깻죽지만 해지도록 문지르고 있나?"

내가 어깻죽지를 문질렀나? 무슨 영문으로 어깨를 문질렀지? 맞다. 실로 그러하다. 손이 어깨를, 어깨로 손을 닦고 있었다. 궁리 없이 답했다.

"미안하네. 간밤 동안 모기에 실컷 얻어 물린 듯하여 말이야."

"혹 불침번 중에……."

그런가? 알겠네. 박 씨가 부득불 그렇게 답하길 빈다. 가급적 상황에 관해 묻지 않았으면 한다. 외마디 곤란에 늑골이 눌려 숨차다. 창을 버릇은 볕뉘 탓에 눈이고 머리고 심히 아파 온다. 나는 모기에 물린 흉내를 내었다. 움츠린 몸으로 어깨를 하염없이 긁는다. 머지않아 쓰라리다. 피가 난다. 나는 다시 답했다.

"점명, 그래 점명을 해야 하지. 잠시만 기다려주게나. 점명이 중요하다손 피범벅으로 돌아다닐 순 없으니."

"흐음, 피? 명부 이리 내놓게나. 금일 점명은 내가 할 테니. 오늘만큼은 아침잠이라도 좀 자두게."

아니야, 아니야. 그래서는 안 되네. 명부는 내 몫이네. 더욱이 오늘만큼은. 이 부정 탄 옷과 피 묻은 옷을 내 금세 갈아입고 멀쩡한 모습과 심신으로, 설혹 까마귀가 배회하며 투, 투, 투, 투 하는 소리를 내며 내 넋과 사고의 계契를 파훼한다고 한들, 도깨비불에 홀리는 한이 있다고 한들 평소처럼 타점과 호명을 하겠네. 법도와 절차가 흘려들을 늙은네 잔소리 나부랭이는 아니잖나?

"아닐세, 아닐세. 간밤에 지독하게도 시달렸을 뿐이야. 자네는 간밤에 무슨 일 없었나? 내 명부에는 미리 점을 찍어놓겠네."

박 씨는 터벅터벅 방을 나갔다. 명부를 상하로 훑으

며 박 씨 이름을 숨아내는 것이다. 박 씨, 박 씨, 옳거니. 점을 찍고 이내 상의를 갈아입었다. 새 옷은 양광陽光이나 열이나 살 기운을 머금지 않아 썩 차가운 느낌이 있다. 흐느적거리는 일 없이 빳빳하니 닿는 기분은 또 좋다. 그러고 보면 마을 사람은 옷을 잘들 갈아입던가? 물론 갈아야 입겠다만은 해질 때까지 입는 자가 있으니 문제다. 옳거니. 사고와 정신이 통쾌히 호전好轉되었다. 개복改服하라고 단단히 알리자. 문제가 생기면 내 실책이니 말이다. 명부를 들고 차근차근 저잣거리를 걸었다. 걸음이 이토록 가볍다. 새 옷은 좋다! 나열된 방문을 또렷하게 문을 두드려 인기척으로 안부를 물었다. 간밤에 잘 지냈소? 하면 다들 잘 잤다고 한다. 명쾌하게 이름 옆에 점을 찍었다. 김 씨. 최 씨. 오 청년. 김 영감. 박 씨…… 끝으로 박 할배의 방을 열었다.

점명을 마쳤다. 드디어 혼자다. 박 할배는 물끄러미 솟대를 응망하며 수선을 뇌까렸다. 마을엔 벌써 주먹만 한 모기에 물린 어깨를 모르는 이가 없다.

모기를 조심해야 한다. 모기 물린 곳은 긁기 좋으나

자칫하다 피가 흐른다. 시원한 구석이 없지 않아 있지만 여름에 괜한 상처를 늘려서 좋을 건 없다. 어깨가 간지럽다. 오늘 소임은 아주 낮부터 모기향일랑 피우고 잠에 들라 당부하는 것이다.

일을 끝내고 지금은 거진 칠七 시다. 뉘엿뉘엿 넘어가는 해가 한도 끝도 없이 멀리서 흐느적거리는 것이다. 그러고 보면 오늘은 날이 무척 좋았다. 잦바듬히 걷다가도 머지않아 빈 하늘을 상망하고 있음을 깨닫는 것이다. 벌써 저녁 점명을 할 시간이다.

오늘은 듬직한 오 청년이 번을 서니 일찍 잠을 청한들 문제 될 것은 없겠다. 나는 이불을 보며 좋은 잠에 드는 상상을 한다. 또다시 위에서 아래로 이름을 무던히 훑으며 명부에 점을 찍었다. 잘 지냈소? 물으면 잘 지냈다는 말을 듣고 당부를 하면 끝이다. 박 할배는 여전히 솟대를 응시한다. 자리를 떴다. 박 할배의 방이야 손 씨가 닫았을 것이다. 나는 물을 한 잔 떠다 마셨다. 더러 자리끼로 남겨둔 물까지 벌컥벌컥 마셨다. 괘념은 훌훌 털어 날리고 이제 방 안 이불 속에서 홀로 잠에 들면 된다. 으레 지금쯤이면 잔광殘光이 없다.

위잉 하는 모깃소리는 가까워질수록 에-엥 한다. 에엥. 에-엥. 지레 손사래를 쳤다. 잡히는 것이 없다. 에-엥, 에-엥. 모기가 귓가를 난다. 가로누워 애오라지 손이나 저었다. 엥엥, 엥엥, 드러난 내 어깨를 모기가 하염없이 물어댄다. 에-엥-에-엥. 잦바듬히 밤잠의 경계에 있던 참에 그대로 몸을 일으켜 세웠다. 여전히 방 안에서 날카로운 에-엥 소리가 난다. 위잉, 에엥, 위-잉, 에-엥. 천차만별 모깃소리에 의식조차 지리멸렬하다. 내 가까운 곳에 모기, 저 멀리에 모기, 투, 투, 투, 투 하는 둔탁음이 차라리 낫다. 사람을 홀리는 것은 도깨비불이 아니라 숫제 모기다. 이 위잉 하는, 아니 에엥 하는, 아니 그조차 아닌 모기! 밤은 아는 까마귀가 낫다! 아야. 어깨를 문 모기를 짓눌렀다. 물크러진 사체가 나우 끈적하다. 묻은 냄새를 맡았다. 끈적하고 비릿하다. 까닭을 알았다. 이, 가증할 모기다. 그리고 기어코 문틈에서 여분의 빛이 내 눈을 찌른다.

  금세 불을 켰다. 습벅한 매캐함이 없다. 모기향을 피우라 전한다는 것을 깜빡 잊었다. 모기 조각을 대강 닦고 향을 찾았다. 미상불 정갈한 서랍에선 무엇이든 찾기가 쉽다. 나는 불이 모기향을 잡아먹는 모습을 응시했다. 연기는 원형의 기운을 남긴다. 생긴 것만큼은 까마귀 날갯짓이다. 어깨를 보았다. 쌓인 봉분을 물고 또 거듭 물어 아주 산이 되어 있다. 보는 것이 간지럽다.

 나는 그것을 긁었다. 하염없이 긁기 시작했다. 억울한 감이 있어 피부를 파냈다. 피가 팔까지 내려왔다. 시원한 감은 없다. 한 번도 아니고 두 번도 아니고 어림잡아 열 마리가 내 어깨를 물고 지나간 것인가? 그러면 이 망할 에-엥 소리를 열 번은 더 들으란 것인가? 정녕 그러하단 말인가?

 나는 한 움큼 모기향을 피웠다. 아주 불이 난다. 삽시간에 방이 자욱하다. 숨 쉬기가 무척 어렵다. 자리끼가 없다. 하필 이럴 때에 없다.

 부쩍 피로하다. 또렷하던 것이 일절 몰沒하였다. 무거운 수족이 몸에 간신히 붙어 있다. 허나 손은 한없이 가볍다. 쥐어도 쥐지 못하는 느낌이다. 고개는 쉬이 등 뒤로 돌아갈 것 같은 게 몽매간 목숨만 간신히 부지扶持하는 듯하다.

지금 정각인가? 방을 나왔다. 마실은 가지 못해도 마을을 산보할 것이다. 모기향이 날 쫓은 꼬라지다. 그러니 연기 잡념 섞인 흐릿한 정신을 온전히 수복할 셈이다. 기왕이면 밤마을의 무사를 돌아보자. 밤눈에 기대어 복도를 걸었다. 이상하고 유별한 것은 없다. 머지않아 계단이 있다. 모서리에 붙어 정문 앞까지 내려왔다. 밖은 무더울지언정 보기는 퍽 좋을지 모른다.

정문이다. 큰 두짝 대문 너머에 공산 말고 무엇이 있는가, 곰곰이 살펴보는 것이다. 무언가 피뜩 그림자 같은 것이……

도깨비, 도…깨비다. 정녕 도깨비다. 그대로 자빠졌다. 도깨비, 도깨비가, 있단 말이다. 까닭은? 연유는? 어째서 저 귓것이 마을 어귀에 있는 것인가? 설혹 오 청년이 들인 건가? 삭에 보이는 것은 목하 곡두뿐이다. 그러니 들인 게 아니다. 들어온 것이다. 그렇다면 호명을 듣고 온 것인가? 들은 바 없다. 달고 온 귀화가 없다. 마을에 부상자가 있는 것인가? 점명 시엔 이상이 없었다. 몰두 동안 도깨비는 다가온다. 묵직한 걸음이 족적을 날인한다. 이것에 문제가 있다. 괴상한 발짝의 주인은 도깨비여선 안 된다. 그렇다면, 저건 인제 내 발자국이다. 하지만 내 발보다 곱절은 큰 발자국이 찍혀 있다면? 아니, 모두 내가 날조한 것이다. 무단히 도깨비를 꾸며내는 것이다. 야밤 마실꾼을 헛본 것이다. 허나 털이 섰다. 살을 쓸어 올리면 반발이 없지 않아 있다. 땀이 묻었다. 마르면 필시 시원해질 것이다. 몽매간 맑은 정신이라 스스로 착각하는 것이 아니다. 몽중 마을을 행보하는 것은 더더욱 아니다. 초조한 동안 정문 틈으로 바람이 든다. 서늘하여 혼연한 바람이다.

  차분해진 정신으로 도깨비를 보았다. 웅-웅. 수족이 있다. 손가락이 있다. 형체지만 덩치가 곱절로 크다. 가까워올 때마다 무쇠 같은 살이 보였다. 저것은 아니 사람임이 분명하다. 몸에 흠집 같은 털이 무수하다. 얼굴이 보이지 않는다. 있어야 할 눈구멍이 잘 보이지 않는다. 하나같이 팔에 방망이 같은 것을 들고 있다는 건 알 수 있었다. 어떤 도깨비는 웅-, 목이 등까지 돌아간다. 어떤 도깨비는, 웅-웅, 뒤돌지 않아도 물러선다. 설마, 뼈마디가 거꾸로 붙은 것인가? 다만 매 걸음 웅웅 할 뿐, 어두운 밤눈으로 가늠하는 게 전부다.

머릿수를 세보았다. 다섯이다. 경혹해서야 되는 일이 없다. 여간 보이지 않는다. 어차어피에 새벽닭이 울기 전에 사라질 것이다. 숨길 수 있다. 궁리다. 감출 궁리를 하자. 단차를 밟고 순식간에 귀가했다. 등에 문을 대고 숨을 가다듬고 있다.

"흐음. 참으로 이상한데."

목소리다. 또한 발소리다.

겹조사도 하필 이런 때에! 아무리 서붓서붓한 걸음도 야밤에 공음을 감출 순 없다. 문에 귀를 붙인다. 발소리가 정직히 내방한다. 터벅, 터벅 하는 소리는 울리는 일 없이 나직하다. 터벅 터벅, 터벅터벅. 자박, 터벅. 발걸음 사이에 이외의 소리가 있다. 터 벅, 터 벅 소리와 자박… 자박… 하는 소리다. 저벅한 오 청년 공음과는 다르다. 가만가만한 걸음걸이에 몸 가벼운 소리다. 이 자박터벅 소리의 주인들은 누구인가? 흐음, 거듭 흐음 하는 소리와 물을 졸지에 볼우물에서 찾는 것인지, 볼이 홀쭉하도록 빨아들인 뒤 터트리는 소리가 난다.

"어젯밤 급히 방으로 뛰어 들어가는 모습을 보았는데, 혹 아는 것이라도 있나?"

도깨비불

귀에 익다. 이것은 박 씨의 목소리다. 홀로이 문답하는 이 없고 발소리가 두 개인 자 없으니, 밖에는 사람이 두 명이다. 이 시간에 무엇을 하는 게지? 들리는 것은 인적기 없는 공음이 전부다.

"도깨비불에 관해서는 특별히 말한 바 없겠지."

박 씨가 도깨비불을 안다고? 이상 없다던 보고는 참 언인가? 뽁, 뽁 소리가 거세어진다. 방 밖 공음만 열 켤레다. 방 밖 사람 소리가 에-엥 모깃소리가 섞여 차츰 의식이 거듭 추잡해진다. 웅-웅. 소리가 잡하다. 먼지 털듯 치념을 털어 몰각하는 일은 없다. 설마, 도깨비를 본 것인가?

건너편 목소리를 무음과 소성小聲으로 분간하였다. 더는 이해하고 싶지 않다. 그러니 맞다. 향에 취해 환각을 보고 듣는 것이다. 어젯밤 도깨비불이나 오늘 도깨비에 씐 것일지 모른다. 말인즉, 금시의 대화는 밤 망령의 것이다. 나는 들음 없이 공상하고 있겠다.

목하 발소리가 멈췄다. 어디로 가는 것이지? 정문을 보려는 것이라면 지금 막아야 한다. 계속 대화를 들었다.

"오 젊은이가 귀띔한들 알아먹겠나? 나와 자네 말고

는 아무도 모르네."

"본들 아무에게도 말하지 말라던 것이 법도니 알아선 안 될 일이지. 또한 어젯밤 도깨비불을 보았다는 말이 마땅히 없었으니, 불각시에 나타나는 것치고는 수고 들여 숨길 일 없이 하루 만에 사라진 것이 무척 다행 아니겠는감?"

"다만 어젯밤에 갑자기 방으로 뛰어 들어가던 것은 적잖이 수상한데. 도깨비불이라도 본 것 아니겠나?"

"빈 공산을 보지 못했나? 불면에 기어이 헛것을 보았거나, 물린 곳이 심히 가려웠던 탓이겠지."

"허나 도깨비불을 본 것이라면?"

"말마따나 슬쩍 목 졸라 죽여야지."

목하 애꾸눈 손 씨는 눈 밑도 긁지 않고 직언했다.

슬쩍 죽인다고? 모종의 규탄인가? 또, 아버지의 말씀을 어떻게 아는 것이지? 하지만 죽는 건 마땅할지 모른다. 허나 내가? 나를? 다름 아닌 손 씨가? 설마 내 사고를 염탐하던 것인가? 숨을 짓죽이고 정신을 은폐한다. 그럴 리 없다. 당초 무슨 영문으로 이다지 신뢰하던 것인가? 믿을 수 없다. 모두 환청이 맞다. 옳지 못한 정신이 짐짓 손 씨가 날 죽이려 한다고 곡해한 것이다.

"죽여야지 별수 있나?"

입을 막았다. 아니다. 그럴 리 없다. 허나. 아니, 그렇지 않다. 그렇지 않아야 한다. 그것은 안 된다! 오해나 착각이 아니다. 하마하마 손 씨가 날 죽이려 한다. 졸지에 내 불찰이다. 죽일 여지를 만든 탓이다. 때문에 귓것을 보고 방중 독신獨愼 중이다. 신망을 잃은 것인가? 박 할배처럼 죽어 경사이길 소망하는 것인가? 혹은 죽일 명분이 필요할 뿐이다. 허나 죽을 수 없다. 죽어서야 도깨비가 든다. 다리 사이로 내 모가지가 머리와 함께 떨어진다. 유일히 안전해야 할 방이 지금은 안신처가 아니고, 외려 누구든 침입할 수 있는 동각이요, 주검을 은폐하기 적합한 호굴이다. 방과, 마을과 서먹서먹하다. 첩첩 문짝에 갇혔다.

아는 것은 도逃함뿐이다. 도망의 선불선善不善은 따질 수 없다. 넌지시 목을 조르는 밤공기가 밉다. 냉큼 도망해야 한다. 옆집으로부터 객쩍은 야반도주라도 꿰차야 하는 것이다. 허나 문소리와 손 씨와, 그런 것들이 많다. 날 괘념하는 지긋한 것들이다. 또 밖에는 도깨비가 있다.

 내內나 외外나 미명美名으로 날 죽이려 들긴 매일반이다. 목을 긁었다. 피다. 다소 시원할지 모르겠다. 내 행방이 그러하듯, 쾌快 외에는 도통 알 수 있는 것이 없었다. 질식부터 물리치기 위해 발악했다.

 머리가 문에 부딪혔다.

 "잠깐, 금방 무슨 소리 들리지 않았나?"

 박 씨의 말이다.

 "호랑이도 제 말을 하면 온다는데 벽에 부딪는 잠꼬대 소리 아니겠는감?"

 머지않아 참소 소리와 서붓-서붓하던 발소리조차 없다. 침상에서 일어나 걸쇠를 풀었다. 아무도 없다. 피리와 낫을 챙겼다. 기어이 손 씨가 나를 죽이고자 한다면, 내가 먼저 숨통을 꺾겠다. 피차를 어색하고 서먹하게 만든 것에 대한 책임이다.

 복도를 측시하였다. 나는 발소리를 숨긴 채 열린 틈새를 찾았다. 문이 열려 있걸랑 날 죽일 모의를 하는 영문이다.

 한 짝, 두 짝. 야밤에 봉하지 않은 문은 없다. 당연히 열려 있을 오 청년의 방문, 굳게 잠긴 김 영감의 문. 닫혀 있는 박가 놈의 문짝. 연짝으로 드러나는 문은 늘상 일목요연한 형상이다. 모깃소리는 없다. 있단들 듣지 않는다. 어깨에서 흐르는 피는 상금 멎지 않았다. 왼편에 오 씨, 오른편에 최 씨, 이 어른. 뒤로 손 씨 방, 손 씨의 방, 애꾸눈 손가 놈의 방은 문 뒤에 있다.

몰각 중에 문이 열려 있을 하등의 이유가 없다. 그 틈을 보았다. 손가 놈이 없다. 필시 그러할 법이다. 잠적처도, 염탐 때도 모른다. 다만 날 방 안에서 표홀히 죽이고 가진 못할 것이다. 내겐 낫이 있다.

오른짝으로 고개를 돌렸다. 박 할배의 방이다.

필시 잠겨 있어야 할 문이 보란 듯이 열려 있다. 박가 놈이 열어놓은 것이겠다. 연유는 무엇인가? 박 할배의 귀화 타령을 마을에 들려줄 셈이다. 내방內方으로 들었다. 무릇 동계動悸가 손가락 끝자락에서 느껴진다. 간만에 와병하는 목석의 얼굴을 내려보았다. 검버섯에 살점 낀 얼굴이 추잡하다. 침 흐른 골 주름이 불쾌하다. 아니 닫힌 입구멍에서 앓는 소리가 올라온다. 박가 놈에게 여의하게 둘쏘냐. 피골상접한 노친네의 목은 한 손에

잡힌다.

 목을 졸라라, 죽여라 하는 비명이 듣기 드문 바른말이다. 단말마도 외마디가 듣기 좋다.

 십오 년이다. 난동과 소란, 흉한 몰골, 까뒤집은 눈깔과 이방인의 노광老狂을 제정신으로 십오 년을 보았다. 왔네, 왔네, 투, 투, 투, 투. 봤네, 봤네, 그놈의, 그 죽일 놈의 타령! 또, 왔다, 왔다, 봤다, 봤다, 타령했다. 귀화를 견見한 탓이다. 목을 당면瞠眄했다. 노친네가 수선을 뇌까린다. 닭대가리도 아는 몰각沒刻을 모르고 소리를 질렀다. 고향 돌아가겠다며 고집을 부리고 꺼벙하게 사람을 물며 야기부리며 온 방문을 두드리고 다닌다.

 단한單寒한 노친네 수발은 응당 내 몫이라고들 한다. 뒷바라지는 오롯 내 책임이고 애꿎은 내가 지어야 할 오라질 짐이다! 그러니 박 할배는 도깨비불에 겁먹고 비명하고 있다.

 또 눈을 슴벅슴벅하며 떠올렸다. 정신이 아해만도 못한 노친네에게도 늙은이의 도리가 있나? 잘 모르겠다. 허나 박 할배는 죽어서 마을을 보전하길 바란다. 초상으로 잔치를 벌이길 바란다. 일조하려는 것이다. 뜻이 그러하니, 살殺이 응당히 응당하다. 부득불한 사안이다. 아니다. 불가불이 아니며 인人을 살殺하는 말 짓도 아니다. 마을 사람이 아니어도 알 장유유서다. 곤히 늙지 못한 죄는 사赦하고 고고高古한 법도를 지킬 뿐이다.

멱을 눌러 졸랐다. 피에 도깨비 꼬이는 일은 없게 하겠다. 옛말에 그른 것 하나 없다.

손에 붙은 끈적함은 필시 침이라. 허나 더럽고 궂은 밤일은 닭이 울기 전에 씻으면 될 일이다.

가죽이 질겨 뼈를 꺾기 난難하다. 힘을 주었다. 멱에 걸려 있던 숨이 눌려 얼굴 죄 구멍으로 튀어나오는 것인가. 벌린 눈과 입이 허虛하다. 이빨 몇 개 없는 변변찮은 구멍에선 산멱을 긁는 잡음이 난다. 자못 꽥-꽤액 켁켁 하는 모깃소리다. 노친네는 만신滿身을 비튼다. 자박 소리가 난다.

"자네……, 이게 지금 무엇 하는 짓인감?"

뒤를 돌았다. 애꾸눈 손 씨는 잔을 들고 서 있다. 박 할배의 사지가 곤란하다.

"손 씨? 자네가 왜 여기 있나?"

"무슨 짓거리인지 해명부터 하게. 어깨에 피는, 허리

춤에 그 낫은 또 뭔가?"

"손 씨, 이건 착각이네. 흔하디흔한 오해일세. 아니 오해일 건 없지. 내가 이해시킬 수 있네. 그래, 이건 미리 설명하지 않은 내 불찰이지. 난 그저……."

법도를 따르는 것뿐이네. 참, 자네에게도 통겨준다는 것을.

만사란 으레 여의치 못한 법 아닌가? 지금도 때가 좋지 않아 옥생각과 착오가 생겼을 뿐일세. 변명은 아니네. 규명이지. 박 할배는 반평생을 망령이 들어 살지 않았나? 그것이 여간 마음 안 좋았어야지. 말마따나 진저리 난 노인 공경이야. 그것이 박 할배에게나 우리에게나 호사 아니겠나. 그리고 까닭이 하나 더 있네. 박 할배가 무엇을 봤는지 아나? 박 할배는……

"도깨비불을 봤네."

내가 말했다.

아니다. 이것은 내가 말하려던 바가 정말로 아니다.

아닐세, 손 씨. 그런 뜻이 아니야. 도깨비를 본 건 바로 나네. 허나 부득불한 것이야. 교살이 기호$_{嗜好}$는 아닐세. 허나 옛말을 거스를 도리가 있겠나? 자네도 도깨비불을 본 자는 죽이려 하지 않았나. 매한가지일세. 그러니……

"불찰? 사람을 목 졸라 죽이는 것은 어느 마을 불찰인가? 도깨비불? 옛이야기를 믿고 사람을 죽이려 하나? 깨어서도 몽중이라 착각하는 병이 있다고 하니, 이번 일은 못 본 척하겠네. 냉큼 돌아가 자게나."

손가 놈은 내 말을 묵살하고 제 말만 늘어놓는다. 시킨 해명을 들을 뜻조차 없는 것인가?

"손 씨! 내 말을 들어보게나. 참말이네. 몽중 헛말이 아니라, 참말로 보았네. 그…… 그래, 도깨비불을 보았네. 나도 박 할배도 도깨비불을 본 것이야. 그러니 어쩔 수 없네. 자네가 그러지 않았는가? 도깨비불을 본 이는 죽이겠다고. 설령 그자가 나여도 말이지. 금방 전에 그러지 않았는가!"

"내가 헛것 본 사람을 죽이겠다 했다고? 불면하더니 결국 실성했구만. 들을 말 없네. 당장 귀가하게. 그리고 문은 밖에서 잠글 것이니 그렇게 알게. 아니면 마을 사람을 모두 깨워 지금 마당을 보일 거야."

말하지 않았다고?

손가 놈이 날 가두기 위해 가짓불을 한다. 설마 노친네의 방문을 열어놓은 것도 모의된 것인가? 맞다. 노친네와 한 방에서 죽이고 폐문하려 한다. 아니, 애저녁 노친네와 결탁했을지도 모를 일이다. 내 책임감을 꾐수로 썼다. 순순히 귀가한 나를 박가 놈과 함께 기습하려는 속셈으로 말이다.

믿던 손 씨가 기어코 불혼 들렸다. 내가, 오직 나만이 제정신이다. 내가 무無한 마을은 망亡한다. 곧 무망無望한다. 그러니 뜻대로 죽진 않을 것이다.

순순히 따르는 척, 뒤로는 낫자루를 잡았다. 손때에 윤이 나는 막대기다. 이것이야말로 부득불이다. 손가 놈의 목을 봤다. 미안하네. 아니, 미안할 것 없다. 이건 갚음이다.

"도깨비다!"

오 청년의 목소리다.

"도깨비야! 도깨비가 있소!"

목소리가 커졌다. 천장을 보던 손가 놈이 달려 나간다. 도깨비? 오 청년이 도깨비를 보았다고? 나도 오 청년을 쫓는다. 괜한 실소리로 야단법석이 심해지기 전에

멱을 꺾어야 한다.

"도깨비가 나타났소! 문 앞에…… 도깨비가 있소!"

오 청년은 비명과 함께 소리를 질렀다. 곳곳에서 걸쇠 푸는 소리가 난다. 이내 문 한 짝이, 두 짝이, 세차게 열려 벽에 부딪히고 있다. 노친네는 대뜸 총기聰氣를 되찾았다.

"왔어! 드디어 왔어! 비로소 왔네! 모두 살았어!"

박 할배는 비상非常한 목청으로 고함지르며 문밖을 나갔다. 밀려 쓰러졌다. 방방마다 오 청년의 고함과 박 할배의 방성放聲에 문을 열고 경황을 살피고 있었다. 안 된다. 계단 내려가는 박 할배가 거듭 외친다. 안 된다. 쥐어짜이는 음성은 건재하게 온 마을을 울렸다. 왔다 봤다 울던 노친네의 울음소리는 내처 살았다다. 아귀만큼은 안 된다. 올라가는 계단을 보았다. 내려가는 계단을 보았다. 또 낫을 본다. 누구를 쫓아야 하는 것이지?

"왔다! 왔다! 살았다! 있다! 정말로 있다!"

살았다. 살았다. 살았다, 살았다. 오라질 살았다! 대체 무엇이 살았다는 거지? 나를, 나를 정신째 죽여놓고 무엇이 살았다는 것이야! 나는 박 할배를 쫓았다. 계단을 뛰어내리듯 내려간다.

아뿔싸. 사람들이 날 뒤따라온다. 안 된다. 내려와선 아니 된다. 도깨비를 보아선 아니 되오! 가다 말고 꾸역꾸역 내려오는 사람들을 도로 밀어 넣었다. 무겁다. 형편을 알고 내려오는 이는 도통 없는 듯하다. 그저 부화附和에 뇌동雷同하여 소란에 이끌려 왔을 뿐이다. 양팔을 벌리고 막아섰다. 몸이 찢어지듯 아프다. 너머로 손가 놈의 낯짝이 보인다. 허나 수십 인의 인파를 혈혈단신으로 붙잡아둘 순 없는 노릇이다. 끝내 겹겹 사람에 밀려 쓰러졌다.

그제서야 보인다. 도깨비의 머리에 도깨비불이 걸려 있다.

"오지 마시오! 볼 것이 아니오! 봐서는 아니 된단 말이오! 부탁이니 이대로, 이대로 방으로 돌아가 문을 걸어 잠그시오!"

듣는 이 없다. 간청을 들어달라 간청을 해야 한다. 누군가 물었다. 무슨 영문이오? 와서는 아니 되오. 누군가가 말했다. 저건 대체 무엇이지? 제발 방으로 돌아가시오. 누군가는 소리쳤다. 안 된다. 그 말만큼은……!

'도깨비다.'

 도깨비란 말에 일파만파로 몰려든 이들은 비명을 지르다, 도망가다 그대로 넘어졌다. 사람이 사람에 걸려 넘어진다. 일으켜 세우려 해도 쓰러진 너울에 발조차 들일 수 없었다. 박 할배는 문을 붙잡고 잠긴 문을 힘껏 당기고 있다.

 퍼런 귀화에 인파와 박 할배, 정문까지가 잘 보인다. 뒤엉킨 이들을 일으키는 것이 우선인가? 허나 박 할배가 기어코 문을 열려 한다. 도깨비를 들이려 한다. 그렇다면 박 할배를 저지하는 것이 우선인가? 허나 넘어진 이 위로 넘어진 이 위에 사람이 넘어져 당장이라도 막지 않으면 눌려 죽는 이가 있을지 모른다. 아니, 도깨비가 들어와도 마을 사람부터 구해야 한다. 허나 층층 인총을 건드릴 방도가 생각나지 않는다. 아니, 박 할배를 먼저 끌어내야 한다. 허나 도깨비가 인산 속에서 사람을 데리고 간다면, 내겐 아무런 방도가 없다. 어떻게 해야 하지? 무엇을 해야 하지? 나는 아무것도 모르겠다. 아무것도 알 수 없는 것이다.

 박 할배는 끊임없이 살았다-살았다 외친다. 살았다.

살았다. 누군가는 도깨비, 도깨비 하며 비명을 지른다. 살았다, 도깨비다. 수선스럽다. 정신이 더불어진다. 이내, 모두 살았다. 저것은 도깨비다. 이것이 옳다. 저것이 그르다. 창황한 가타부타 소리가 골에 부딪는다. 차라리 소리 없는 도깨비불이 낫다. 그리고 어떻게 하나. 이를 어떻게 하나, 이를. 입을 닥쳐라. 제발 좀 다물어라!

"김 서방이다."

혹자가 외쳤다. 차츰 가까워지던 도깨비가 제 이름을 듣고 정문을 쳐다본다.

안 된다……. 안 된다. 안 된다!

박 할배를 끌어당겼다. 다다 문고리를 쥔 팔을 잡아당겼지만, 손을 놓는 일이 없다. 도깨비는 점차 가까워졌다. 내가 몸을 당길 때마다 노인이 발버둥을 쳤다. 경황없이 몸과 고개를 흔들며 저항하는 것이다. 두 팔로 어깨를 잡고 온몸으로 당겼다. 긁은 상처에서 피가 흩뿌려진다. 이거 놓아라, 이거 놓아라 하며 박 할배는 나를 떨구려 삭신을 비틀며 발악한다. 하릴없이 그 두를 휘두른다. 악 받친 뒤통수가 내 낯을 때렸다. 나는 눈짝을 맞고 나가떨어졌다. 눈 밑에 박힌 머리카락 몇 가닥과 함께 피가 흐른다. 욱신거리는 왼쪽 눈을 도무지 뜰 수 없다. 당길 수 없다면, 차라리 밀어버리겠다.

나는 어깨로 박 할배의 등을 들이받았다. 부러지는 소리와 함께 문에 이마를 박은 박 할배는 넘어지며 뒤통수가 깨졌다. 해묵고 역겨운 피 냄새가 난다. 문은, 쓰러지던 박 할배의 송장에 딸려 열리는 일이 없다.

"보시오! 주동자는 이제 없소! 그러니, 이제 돌아가시오, 썩 물러가란 말이오!"

도깨비는 제 팔마냥 방망이를 휘둘러 정문을 허물었다. 깨지는 소리가 정신을 온 정신을 깨어놓는다.

…상자 발견

말소리다. 고함은 아니다. 상자를 발견? 무슨 뜻이지? 그리고 누가 낸 청음淸音이지?

퍼런 고개가 걸음마다 끄덕인다. 도깨비는 문 조각을 밟으며 우직히 내방하여 왔다. 그 앞길을 막았다. 낫으론 배때를 그었다. 무쇠라도 친 건가? 팔이 튕긴다. 베긴커녕 생채기가 고작이다. 버석버석하는 걸음마다 얼굴 대신 삭신에서 웅-웅 하는 소리가 난다. 부…… 부 하는 소리는 출처엔 무지하다. 하나같이 날 피해 마을로 들어왔다. 그리고 또 누가 무슨 상자를 발견했단 것인가? 방도, 방도와 상자, 정문 밟는 소리와 비명. 그리고 웅-웅……. 사고에 경황景況이 없다. 아니, 경황驚惶한다. 눈앞에 보이는 다리를 끌어안았다. 다리에 몸이 붕 떴다 고꾸라진다. 연속부절 낫을 꽂았다. 매 낫질에 종만 울린다. 도깨비는 멈추는 법이 도통 없다.

다가오는 것에 마을 사람들은 층층이 포개져 기겁할 뿐, 달아날 수 없다. 힘껏 도깨비 다리를 잡아당겼다. 미동조차 없다. 나우 묵직하고 딱딱한 다리다.

방도가 도통 떠오르지 않는다. 깨진 소리와 밟는 소리가 비명과 상자와 웅웅거리는 잡음이 골속에서 울린다. 소음에 잡음, 혼탁, 상쾌한 것이 있지 못한다. 허나 이대로라면 도깨비가 내 마을 사람을 잡아갈 것이다. 할 수 있는 것이 없다. 한 번, 조닐로 한 번만이라도 이쪽을 돌아보아라. 잡아가려던 숫제 나일랑 잡아가거라! 차라리, 나를 보거라…….

떠올랐다. 아버지의 말씀이다.

"김 서방! 이곳을 보시오!"

내가 외친다. 등까지 돌아간 고개가 날 본다. 낫으로

팔을 그었다. 날붙이가 깊이 가죽을 뚫는 느낌이 난다. 힘살에 뼈까지 닿는 날고통이다. 보이는 것이 깊다. 찢긴 옷 사이로 잘린 살이 피를 흘린다. 시원하기보다, 명백히 춥다. 피부가 창백하게 탈색되고 있다. …상자, …상자 소리가 거세진다. 다시 외쳤다.

"김 서방아! 잡아가려든 나를 잡아가란 말이다!"

달려 나갔다. 방 밖으로, 마을 밖으로, 정문 밖으로 부리나케 달리는 것이다. 달음질은 옛적부터 거북했으니, 더욱 땅을 박차기로 했다. 낫을 버리고, 피 흐르는 팔을 필사로 젓는다. 도깨비는 귀화鬼火 같은 빛을 내며 박 할배를 바라보았다. 도깨비불이 도깨비를 대동하고, 도깨비불이 숲에서 나타난다면, 저것들도 필시 숲으로 돌아갈 것이다. 그러니 숲을 향해 달린다. 이따금 환부가 아물아물댄다. 팔버둥에 땀이 마르며 몸은 부쩍 차갑다. 더욱 힘차게 팔을 저으며 달리고 있다.

오락가락한다. 달릴 때마다 호흡이 잘려나가는 기분이다. 입에서도 찝찝한 피 맛이 나니, 도깨비들은 나를 쫓겠다, 싶은 것이다. 소싯적 마을에서 굴러 떨어졌을 때의 감각과 흡사하다. 허나 잡념은 두루 털어버리겠다.

나는 나무를 보고, 뒤를 돌았다. 한 도깨비는 박 할배의 송장을 걸머지고, 나머지 도깨비는 날 쫓았다. 참으로 느린 귓것이다. 더욱 멀리 달리면 되겠지.

여광이 드리운다. 눈이 아프니, 나무를 양산 갈음하여 달릴 것이다. 수시로 팔을 두드려 피가 멎지 않도록 하고, 이리저리 기둥을 피해 달렸다. 무엇을 하려던 것 같았으나, 영 기억이 나지 않는다. 무척 어지러웠으나 그래도 계속 달렸다. 허리춤에서 흔들리는 피리를 깨달았다.

구멍도 없는 피리로 대체 무슨 소리를 내어 까마귀를 부르는 것인지 도통 이해가 가지 않았다. 애저녁 불러야 마땅한 것인지도 모르겠다. 허나 그것을 궁리할 때는 아니다. 다만, 당길 꼬리가 있고 쪼아 먹을 송장이 있으니 한 번쯤 당겨보는 것은 나쁘지 않겠다.

나무에 기대가며 숲을 빠져나왔다는 걸 깨달았을 땐 벌써 아침이다. 피리를 잡고, 실 꼬리를 힘껏 당겼다. 뻑뻑함이 짧다. 꼬리가 빠지자, 피리 주둥이에선 치이익- 하며 불을 뱉는다. 불똥이 튀었다. 아프진 않다. 머지않아 주홍빛 불과 함께 연기가 일었다. 모기향과는 도통 비교할 수 없는 진한 연기가, 무게를 모르고 하늘로 솟구친다. 이것은 소리가 아니라 빛을 내는 피리구나.

 땅에 피리를 박았다. 나는 머뭇거리다 피리 불로 모닥불을 갈음하고, 나무에 기대어 앉았다. 내가 손 씨와 박 씨를 심히 오해한 듯한 것이 참으로 난감하고 겸연쩍다. 허나 지금은 지금의 소임이 있으니, 모든 것을 끝내고 난 뒤에 생각하기로 하자.

 이것은 정행正行인가? 다만 아버지 말씀을 귀담아들은 보람이 있을지 모른다. 머지않아 저 멀리에서 도깨비가 눈에 보였다. 지금만큼은 눈 밖에 나는 특권 정도는 있으면 한다. 이내 투, 투, 투, 투 하는 소리가 났다. 투, 투, 투, 투. 투덕, 투덕, 투덕, 투덕, 괴상한 날갯짓을 하는 까마귀가 땅으로 내려왔다. 가까이에선 바람 찢기는 소리가 나는구나. 불원 김 서방이 멈췄다. 와중 저 멀리, 마을 닭이 우는 소리가 들린다. 이제야 어지럼증을 참을 이유가 없으니, 나는 눈을 감았다.

 날갯소리 사이로 발소리가 들린다. 서벅, 서벅하는 공음. 그때는 다소 혼탁한 정신이 일시나마 맑아지는 것을 느꼈다. 어제도 듣고, 그제도 듣고, 일평생과 간밤에도 들었기에 참 익숙한 소리다. 올 줄 알고 있었다.

"옛말 그른 것 하나 없다고 해도, 전 구시대 언어가 얼마나 중요할지 정하는 건 학자의 몫이란 사실밖에 모르겠습니다. 근데 세상일이란 게 늘 그렇듯, 연구엔 늦고 빠름만 있을 뿐이죠. 이 상황을 귀담아듣지 않았더라면 저도 암전 전 한국어를 늦게서야 연구하기 시작했을 겁니다."

서벅서벅하며 다가온 신입이 말했다. 간만에 전공을 살린 시적인 말을 했다.

"우리 같은 비루한 박사후연구원은 과거 연구에 주석 다는 게 할 일 전부니까. 그러고 보니까 저번에 부탁한 연구는 진척 있어?"

"암전 전 기록에서 문증 사례를 몇 개 찾았어요. 좀따 연구 노트 드릴게요. 근데 그걸로는 알기가 좀 어려울 것 같아요."

"그렇지? 뭐, 암전 지역 재개척이니 뭐니, 사정은 알겠는데, 우리 같은 인문학 전공자는 왜 데리고 다니는 걸까? 툭하면 프로젝트 폐기하면서. 아님 뭐, 세상에 재개척, 융합, 기술 망각만 엮어놓으면 펀딩받을 수 있다⋯⋯는 건가?"

"기계인류학자야 민족지 연구에 필요하잖아요. 저는 국어국문학과 졸업하면 소설 적고 있을 줄 알았어요."

"박사까지 졸업했으면서? 그리고 그러게, 박논 주제를 현대문학 평론으로 했어야지, 왜 갑자기 방언학으로 틀어서 이 고생을 해?"

"선배. 제 꿈은 시카고 사투리로 소설 적는 거예요."

말은 쉽게 해도 서울 139번 조우자의 낫에 베인 상처는 도통 아물 생각이 없는 듯했다.

사흘 전 아침, 재개척관측팀과 순찰하던 중 발견한 구조 신호를 쫓자고 한 것, 구조로봇들을 회수하자는 말, 조우자들을 구조하자던 선택이 모두 미안했다. '낫도깨비, 물렀거라'며 낫을 휘두를 줄은 몰랐지만, 암전지대와는 영 관계없어야 할 국어학자가 현장에서 상처를 입는 일은 예상조차 못 했기 때문이다. 또, 이런 몸으로 연구를 돕는다는 것도 후배로서 의젓하면서 한편으로는 불안했다.

'의료형 야간 긴급재난구조로봇 KIM-2091-14M'

우리가 발견한 로봇들의 고유 코드였다. 한국기계산업의 매뉴얼 아카이브와 로봇공학 전공 최 연구원의 설명에 따르면 머리 부분에는 야간 탐색 및 식별이 쉽게 푸른 조명이 달려 있었고, 재난 상황에서 혈액 분자로 요구조자를 추적하는 사양이었다. 대장기 1기에 동료기 4기가 세트였다. 왼팔은 원통형 구조용 팔이었고 말이다. 최 연구원은 원통형 로봇 암을 방망이라고 불렀다. 작명 센스하고는. 또 거주민들이 로봇을 왜 김 서방이라 부르는지는 면담 조사를 하려고 했지만…….

138번 조우자, 그러니까 37번 구조자와 면담하기도 쉽지 않은 상황이었다. 기술 망각 증세는 없었다지만, 중증 치매를 겪고 있었다. 그러니까…… 말이 안 통했다. 산책만 하면 가로등을 보고 '드디어 솟대에 불이 들어왔다'며 절을 하니, 의료팀도 적잖이 힘들겠다는 생각이 들었다.

"이래선 이번 거주지도 집단 단위 구조가 어렵겠지."

"어쩔 수 없죠. 밥 먹듯이 거부권을 묵살하는 구조팀

도 낫 든 사람들은 못 이기니까요."

"거주지라……. 이번 거주지는 구 정신병동이었지. 139번 조우자는 아마 3세대 정도 거기 살았던 거 같은데, 외상적 기술 망각보다는 정신병리적인 거 같아. 신경정신의료팀한테 듣기로는."

"그러니까… 암전 사태나 원전 폭발을 목격한 트라우마 때문에 망각한 게 아니라, 정신 질환 때문에 암전 사태 전부터 기술 인식이 불안정했을 거란 뜻이죠? 조현증이라든지……."

"그런 셈이지? 정신 증세가 유전됐을 가능성도 있고. 뭐 그래도…… 으아악! 하……. 어찌 됐든 민족지 작성은 물 건너갔으니까 하루 종일 블랙박스나 보는 거구……. 대체 왜 긴급 휴면을 했다 말았다가 하는 거야! 최 박사도 대답 못 하던데……. 그리고 또 내일은 또 구조로봇들 스테이션 내려가봐야지……."

"근데 선배. 〈한국 암전 지역에 보존된 의료로봇 KIM-2091-14M의 활동에 대한 보고〉 이거 제목은 좋은데, 기계 신앙에 대한 언급이 너무 없지 않아요?"

턱을 잡고 논문 초고를 읽으며 신입이 말했다. 맞는

말이었다. 문제는 요즘 세상에 '신앙'이 '모르겠다'를 의미한다는 인류학자 은어란 사실을 아는 사람이 너무 많았단 것이었다. 〈서울 암전 지역의 기계 신앙〉은 너무 석사과정생이 적을 법한 논문 같기도 했고 말이다. 내 민족지 제목이다. 몇 달을 헬기를 타고 다니면서 확인한 자료에 면담 자료 정도만 붙이면 번듯한 학술논문이 되었을 것이었다. 적어도 난 그렇게 생각했다. 139번 조우자가 낫을 휘두르기 전까지는.

오늘도 〈서울 암전 지역의 기계 신앙〉 초고는 〈기계 신앙에 관한 현대적 연구〉 교과서를 대신할 좋은 컵라면 덮개였다. 머지않아 지겨운 헬기 소리가 났다. 투, 투, 투, 투 하는 지겨운 소리다. 논문거리 말곤 하나도 도움 안 되는 새소리.

"그러고 보니까 그 병원, 37번 구조자의 가족은커녕 친인척 입원 기록도 없다더라."

"햇빛이 너무 눈부셨나 봐요. 아니면 장례식에서 아무도 안 울었다던지."

"또 무슨 국문학 농담이야?"

"〈이방인〉이요. 뭐 고전소설이니 모르실 만도 해요."

도깨비불

나는 느닷없이 날아든 모기를 잡으며 대꾸했다. 그리고 다가오는 중간보고서 제출일을 생각하며, 더 빠르게 키보드를 타이핑했다.

"우리 이거 국가연구인 거 알지? 빨리 도깨비란 단어 어원 좀 정리해줄래?"

나의
제이드 선생님
: 득옥 得玉 이야기

전혜진

사실 그때만 해도 남들처럼 나에 대해 자기소개를 길고 장황하게 읊을 필요도 없었어요. 성북동 이 회장님 댁, 그것만으로도 사람들은 나에 대해 알아야 할 만큼은 다 알았으니까. 뭐, 평범한 사람들이면 성북동에 누가 사는지 모를 수도 있겠네요. 대갓집이라고 해도 무슨 말인지 모르고, 좀 큰 부자라고 말을 해도 삼성, 현대 정도만 아는 사람들 말이에요. 하지만 그 당시 내가 만나는 사람들, 내가 필요로 하는 그 바운더리 안에서는, 그저 그 한마디로도 충분했어요. 우리 아버지가 누구고 어머니는 어느 집안 사람인지, 내게 나이 차가 좀 나는 오빠가 둘 있다는 사실까지 다들 잘 알고 있었으니까요.

그래요, 다들 내 앞에서 말하는 건 거기까지였습니다. 나에게 자상한 내 아버지가 사실은 소문난 호색한이고, 집 밖에서 만나는 여자들이 손으로 다 꼽지 못할 만큼 있다는 이야기 같은 것은 아무도 내 앞에서 말하지 않았지요. 사실 누구라도 그 집안과 원수가 되기로 작정한 게 아닌 이상, 이제 겨우 사춘기에 들어서는 중학생 딸에게, 아버지가 자기 큰오빠와 나이 차이도 얼마 나지 않는 젊은 여자들과 만나는 추악한 작자이자, 한참 어린 애들을 건드려놓으면서 피임도 제대로 하지 않는 역겨운 인간이라는 것을 굳이 말해주진 않겠지요. 내가 싫어서, 내가 충격받고 눈물 흘리는 꼴을 보고 싶어서 굳이 그런 말을 꺼낼 만한 사람들이야 있었겠지만, 적어도 그때의 우리 집안은 적으로 돌려서 좋을 상대는 결코 아니었으니까요. 이 대한민국 안에서는요.

뭐, 그렇다고 해도 나는 눈치가 꽤 빠른 편이었어요. 흔히 말하는, 곱게 자라서 머리가 좀 꽃밭 같은 그런 아이는 아니었던 거죠. 아버지도 어머니도 내게 감추고 싶어 했지만, 집안 돌아가는 꼴도 어느 정도는 알고 있었습니다. 사업 이야기가 나올 때마다 고개를 외로 틀며, 아직 대학생인 것을 핑계 삼아 학교 오케스트라 일에만 몰두하는 큰오빠, 자기 입시에 바쁜 둘째 오빠와는 달랐다고 해야겠죠. 아버지가 여자를 만나는 것까진 어쩔 수 없어도 후계자 문제가 뒤꼬이는 것은 곤란했기에, 그 여자들이 임신을 하거나 다른 문제를 일으킬 때마다 어머니의 측근인 윤 집사가 조용히 해결하고 왔다는 것도, 아무도 말해주지 않았지만 눈치로 알고 있었고요. GK그룹 장녀인 어머니에게 있어 아버지와의 결혼은 비즈니스였기 때문에, 어머니는 아버지의 외도에 대해서 크게 잔소리를 하진 않았습니다. 다만 아버지가 밖으로 돌다가 증권사 지라시에 이런저런 소문이 나도는 것만은 사양이라며, 안전한 여자, 가급적 어머니가 직접 관리할 수 있는 여자를 만나는 정도로 타협을 보길 원하셨지요. 아버지가 여자를 만나는 것 자체라면 그냥 조금 망신살로 끝나고 말겠지만, 그런 여자들이 야심을 품고 헛소리를 하기 시작하면 우리 FW그룹과 어머니의 친정인 GK, 모두 사람들의 입초시에 오르내릴 테고, 그러면 주가에도 영향이 갈 테니까요. 대체 오너가 여자 좀 만나는 게 주식의 등락과 무슨 상관인가 하겠지만, 요즘도 그렇지 않나요? 사람들은 기업의 성과를 봐가며 주식을 하지 않아요. 소문을 따라가죠. 그러다 보니 많은 사람들은 그런 아침드라마 같은 사유로도 주식을 사고판답니다.

그런 면에선 차라리, 예전처럼 합법적으로 축첩을 하던 시대였다면 어머니는 더 마음이 편하셨을지도 모르겠네요. 남편의 상대가 내 집 울타리 안에 있고, 혹여 임신을 하거나 감히 안주인 자리를 노리고 방자하게 굴더라도 바로 다스릴 수 있는 상태라면, 이 집안은 여전히 어머니를 중심으로 한 확고한 왕국이 될 수 있을 테니까요. 사실 그래서, 저는 어머니가 제이드 선생님을 진심으로 싫어하진 않았을 거라고 확신해요. 제이드 선생님은 어머니가 고려하는 그 모든 조건을 다 갖추고 있는, 이상적인 '미스트리스'였으니까요.

미스트리스가 무슨 뜻인지 모르는 척하지 마세요. 알 만한 분이.

아무래도 정부情婦라고 부르면 좀 품위가 떨어진달까. 그런 느낌이 있잖아요. 뭐, 어떤 사람들은 아무리 그래도 결혼을 했는데, 사회 지도층씩이나 되어서 바람을 피우는 게 아니냐, 배우자에게 성실하지 못한 게 아니냐고 말하기도 하지만. 애초에 우리 같은 사람들의 결혼이라는 거, 비즈니스죠. 왜, 오스트리아의 합스부르크 왕가에 그런 이야기가 내려오고 있다잖아요. 다른 이들은 전쟁을 할 때, 오스트리아는 결혼을 한다고. 그래서 오스트리아의 여제, 마리아 테레지아의 딸들도 전쟁을 하는 대신 동맹을 맺기 위해 유럽 여러 나라의 왕실로 시집갔지요. 사실 예나 지금이나, 다른 자원 소모 없이 일정 기간 두 집안의 협력 관계를 구축하고, 우리가 이렇게 화려하게 잘 지낸다고 사람들에게 내보이는 데 행복해 보이는 선남선녀의 화려한 결혼보다 좋은 도구도 별로 없으니까요.

난 지금 솔직하게 말하는 거예요. 왕조가 사라지고 민주공화국이 들어선 시대에, 재벌 가문들의 결혼이란 중세의 영주들이나, 유럽의 크고 작은 나라들의 왕가들이 정략결혼을 하던 것에 비유될 만하지 않나요? 물론,

그런 것은 아무래도 이상하다, 사랑과 결혼의 의미를 퇴색시키는 것이라고 말하는 낭만주의자들도 없진 않아요. 하지만 결혼의 역사에서, 로맨스라는 게 지금처럼 큰 비중을 차지한 지는 얼마 안 되었답니다. 오히려 인류의 결혼이란 아주 옛날부터, 가문의 부를 유지하거나 다른 가문과의 협력을 위한 도구로 사용되었지요. 왜 수많은 왕실이, 심지어 고대에는 남매간에도 근친혼을 했겠어요. 가문의 재산이 밖으로 새어 나가는 걸 원치 않으니까 그렇게 한 거죠.

여튼 예나 지금이나 결혼은 비즈니스고, 사랑이나 연애는 또 다른 문제라는 거겠죠. 가만 보면 여자들은 자기 비즈니스에 나름 충실한데, 남자들은 진정한 사랑은 따로 있다는 둥 하면서 부지런히 바람을 피우더라고요. 내 아버지도 그런 사람이었습니다.

그래서 아버지가 처음에 바이올린 선생님이라며 제이드 선생님을 데려왔을 때는, 어머니도 차라리 안심했어요.

제이드 선생님은 우리 FW그룹 예술 장학생이었어요. 어머니가 초등학교 선생님이었는데, 왜, 옛날부터 공부는 잘하는데 집에 돈은 별로 없는 애들이 교대 많이 간다고들 하잖아요? 제이드 선생님네 어머니도 그런 분이셨대요. 음악에 소질은 있었는데 뒷바라지는 거의 받지 못했고, 동네 피아노 학원 다니다가 어디 콩쿠르에서 입상했던 적 있는. 거기까지였죠. 음악가로 성공하려면 아무래도 부모의 관심이랄까, 뒷바라지가 좀 필요한데, 그런 게 없었다더라고요. 그냥저냥 사는 집이었다니까. 그래서 앞날이 불확실한 음대에 가는 대신, 그냥 교대 나와서 초등학교 선생님을 했대요. 모르죠, 본인 말이니. 정말로 그렇게 소질이 있었는지, 아니면 여건상 그렇게 못 했지만 내가 푸시만 좀 받았으면 음악가가 될 수도 있었다, 뭐 그런 정신 승리인지는.

어쨌든 제이드 선생님은 어릴 때는 남들 다 하는 것처럼 피아노를 배웠고, 초등학교 들어가면서부터 바이올린을 시작했다고 해요. 어머니가 원래 음악에 소질이 있었으니까, 평범한 집치고는 조금 일찍 시작한 편이라고도 해요. 하지만 부모가 전공시키려고 작정한 집 같으면 더 일찍 시작하니까, 스타트만 보면 빠른 건 아니었지요. 그래도 재능이 있으니까 먼저 시작한 아이들을 금방 따라잡았다더군요. 그리고 이런저런 국내 콩쿠르에서, 1등은 못 하고 매번 2등을 하고.

 약간 그런 타입 있잖아요. 잘하고 재능도 있는데 큰 상은 잘 못 받는 타입. 그래도 꾸준한 데다, 국내 대회뿐 아니라 일본 쪽 대회에 가서도 2등을 하니까, 우리 그룹 담당자의 눈에 들어서 예술 장학생으로 선발이 되었죠. 재능은 있는데 이상하게 이렇게 2등만 하는 애들이 있다, 그런 애들이 큰 국제 대회 가서도 운만 잘 맞으면 거기서 또 2등을 하더라 하고요. 글쎄요, 아버지가 그때부터 눈독을 들였는지는. 하지만 일단 이런 문화 사업 쪽을 맡고 계셨던 어머니 입장에서는, 어릴 때부터 애가 예쁘장하고, 착실하고, 입도 무겁고, 여러 면에서 좋게 보셨대요. 잘 자라서 국제 대회에서 그럴듯한 성과도 내고, 세계적인 음악가로 성장할 가능성이 있으면, 우리 쪽에서 코디네이터도 붙여서 이미지 메이킹도 하고, 필요하면 성형도 좀 시키고 해서 아예 세계적인 스타가 되도록 푸시해 줄 계획도 있으셨고요. 우리 장학생들 중에 세계적인 예술가가 나와주면, FW그룹이 이렇게 문화 사업에 투자를 한다 하고 여기저기

자랑삼아 내보일 만하다고요.

　그때까지만 해도 선생님은 아직 제이드 안이 아니었어요. 선생님 본명은 안경옥이라고, 좀 촌스러운 이름이었죠. 할아버지가 붙여주셨다는데, 원래 선생님의 할아버지가 태몽으로 진한 초록색 옥반지를 줍는 꿈을 꾸셨다고 해요. 예, 임페리얼 제이드, 경옥으로 된 것요. 귀하게 될 손녀가 태어날 거라고, 선생님의 할아버지도 기대를 많이 하셨겠죠. 하지만 이름만 들어서는 너무 촌스럽고 옛날 사람 같잖아요? 세계 무대에 나갈 사람인데, 경옥이라고 하면 발음도 어렵고. 그래서 저희 어머니가 예명을 쓰자고 권하셨대요. 초록색 경옥이니까 제이드, 제이드 안이라고요. 혹시 보셨을지 모르겠네요. 제이드 선생님이 콩쿠르에 나갈 때 입었던 초록색 미카도 실크로 만든 묵직한 동양풍 드레스요. 그 드레스도 어머니가 디자인을 골라주신 거예요. 심사위원에게 강렬하게 인상을 남기는 게 중요하다고, 그러니까 임페리얼 제이드 같은 초록색 드레스를 입으라고요.

　제이드 선생님은 그 드레스를 입고 좀 어중간한 국제 바이올린 콩쿠르에서 2위를 했어요. 하지만 거기까지

였죠. 그냥, 그 사람의 한계가 거기까지였던 거죠. 조금 뛰어난 국내파, 하지만 세계 정상의 자리에는 설 수 없는, 딱 그 정도의 애매한 재능. 뭐, 그 정도면 충분하지 않느냐고요? 세계에서도 가장 뛰어난 연주자들이 한국에 와서 연주하는 시대예요. 사람들은 서울시향 말고 다른 지역의 시향들은 그냥 연주도 평범하겠거니 하지만, 1년에 음대를 졸업한 사람 숫자를 생각해보면 사실은 어느 동네든 시향 같은 데 들어가는 것 자체가 하늘의 별 따기라는 거죠. 실력도 좋아야 하고, 연줄도 있어야 하고. 한국은 잘하는 사람들은 잘하는데도, 워낙 이런 일에 수요가 적어서, 애매하게 뛰어난 사람이 할 수 있는 일이라는 것도 사실 뻔해요.

맞아요, 음악을 전공한 사람 중 상당수는 레스너가 되죠. 애들 가르치는 거. 하지만 우리나라에서 음대 가고 싶은 아이들이 원하는 선생님이, 어지간한 국제 대회에서 2위 한 선생님이겠어요? 아니면 대학 입시에 도움 되는 선생님이겠어요? 당연히 대학 입시에 뭐라도 보탬이 되는 선생님이죠.

전공 생각하고, 예중, 예고 지망하는 아이들은 어느

정도 수준이 올라가면 소위 큰 선생님을 소개받게 되죠. 음대 입시에는 관심이 없으시더라도, 큰 선생님이랑 작은 선생님이라는 말은 들어보셨죠? 유치원 다닐 무렵부터 시작했으면 초등학교 고학년 올라갈 때쯤에, 대충 바이올린 교본을 어느 정도 끝내면 그 전까지 개인 레슨 해주던 선생님이 인맥으로 소개해주기도 하고, 가능하면 장차 목표하는 대학의 교수님을 소개받으려고 연줄로 알아보기도 하고. 보통은 작은 선생님, 그러니까 개인 레슨 해주고 테크닉 지도해주는 선생님이 큰 선생님 제자인 경우가 많아요. 입시생 때는 큰 선생님께 배웠다가, 대학 들어와서 교수님 눈에 들면 교수님 밑에서 입시생들 가르치기도 하고. 아니면 자기가 아이들 제자로 받아서 개인 레슨 하다가, 전공할 싹수가 보이면 큰 선생님 소개해드린다고 자기네 교수님이랑 연결하기도 하고. 서로 상부상조하는 관계인 거죠. 입시생은 지망하는 대학 교수님한테 눈도장도 좀 찍고. 콩쿠르도 나가고, 이런저런 무대에도 서보고, 기회 되면 협연도 해보고. 요즘은 동영상 찍어서 유튜브에도 많이 올리더라고요. 약간 음악 신동 같은 컨셉으로.

물론 이런 건 사실, 요만할 때부터 천재 소리를 듣는 애들, 남들은 이제 막 한글을 읽고 쓸 나이에 무대에 올라 능숙하게 어려운 곡을 연주하고, 콩쿠르에서 1등을 해서 제 키보다 커다란 트로피를 받고, 열 살 무렵에는 줄리아드에 들어가는 그런 애들에게는 해당 없는 이야기죠. 그런 애들은 엄밀히 말해서 생태계 교란종 같은 거지. 타고난 재능이라는 거, 되게 불공평한 것 아니에요? 어쨌든 그런 아이들 말고, 그냥 평범하게 음악을 좀 잘해서 국내 음대에 가려는 애들은 이제 선생님을 잘 만나야 하는 법이에요. 대학교수님인 큰 선생님께 배우고, 연습은 새끼 선생님이랑 하고. 사실 교수님이 입시생 레슨 하는 것이 불법이긴 하지만, 다들 하는 일인 걸 어쩌겠어요. 암암리에 다들 이루어지는 일인 것도 사실인데요.

그러니까 이런 시장에서는, 오히려 제이드 선생님 같은 타입은 좀 애매한 거예요. 젊은 나이에 명예는 있고, 잘하긴 잘하는데 무난해서 자기 자신만의 이름으로 살아남기엔 좀 부족하고. 돈이 되는 입시생 레슨을 하자니 처음부터 이 연결 고리에는 살짝 엇나가 있고요. 뭐,

요즘 같으면 정 이도 저도 안 되면 유튜브를 하면 되지 않을까 싶기도 하지만, 막상 뒤져보면 바이올린 유튜버는 정말 많고, 사람들이 찾아보는 영상은 대부분 초보자들 보는 교재의 연주 영상을 올려놓은 건데, 이쪽은 이미 레드오션이란 말이죠. 어지간한 컨셉으로는 사람들 눈길도 못 끄는 게 또 이런 강의 영상 쪽입니다. 설령 그때 유튜브 같은 게 있었다고 쳐도, 그렇다고 제이드 선생님이 남의 눈을 끌자고 딱 달라붙는 옷 입고 섹시 컨셉으로 연주하거나, 아니면 바이올린 연주하면서 아이돌 댄스 같은 걸 할 수 있는 타입은 아니고요. 그때나 지금이나 천상 후원자가 하나 붙어야 하는 상황인 거죠. 그런 데다 제이드 선생님은 그때, 나이로 보나 경력으로 보나 FW 예술 장학생으로 계속 남기도 애매한 위치였으니까.

어쨌든 제이드 선생님은 그런 생태계에서 다시 자리를 잡기엔 좀 애매한 상태였어요. 하지만 우리 집안의 니즈에선 나쁘지 않았죠. 설령 음악을 좋아한다 한들, 우리 집안 사람은 위대한 음악가가 될 것도 아니고, 대학을 음대로 진학할 것도 아니니까요.

어쨌든 그때 나는 예고에 진학할 것을 염두에 두고 있었고, 아버지는 제 실기 준비를 돕는다는 명목으로 제이드 선생님을 우리 집에 데려왔습니다. 시작은 그랬어요. 처음에는 분명 나쁘지 않았습니다.

 아버지가 명색이 회장님이면서, 딸이 입시를 앞두고 있는데 최고의 선생님을 데려와야 하는 게 아니냐고요? 그렇게 생각할 수도 있겠네요. 좋은 선생님들 다 두고 애매한 위치에 놓인 자기 정부를 데려왔다고. 하지만 우리 아버지는, 여자를 너무 좋아하는 게 탈이었지, 그렇게까지 막돼먹은 사람은 아니었어요. 무엇보다도 나는 애초에 음악을 계속 전공할 생각은 없었으니까, 꼭 입시에 특화된 선생님이 아니어도 실력만 좋으면 충분했거든요. 아버지도 같은 생각이셨고요. 하지만 고등학교는 역시 예고에 가는 게 좋다고는 생각하고 있었죠. 음악을 하는 건, 명문 가문에서도 나쁘지 않은 일이에요. 있어 보이잖아요, 교양.
 사실, 요즘은 재계의 딸들, 며느리들도 적극적으로 사업에 나서는 경우가 늘어나고 있지만, 한편으로는 좀 깨인 집안이라면서도, 딸은 사업을 잘해서 촉망받는 여성 후계자 소리를 들었으면 하지만, 내 며느리는 얌전하게 안주인 노릇 잘할 것 같은 아이였으면 좋겠다고, 아주 노골적으로 이중 잣대를 들이대는 경우도 아직 많아요. 아침드라마 같은 데서 대놓고 그러잖아요? 내 딸이 너하고 같아? 하고. 뭐, FW의 위상을 생각하면 내게 감히 그럴 만한 시부모도 많진 않았겠지만, 그래도 가능하면 좋은 조건을 찾고 싶은 거죠. 사업에 대한 것들은 집에서 아버지에게 배우고, 대외적으로는 음악에 좀 소질이 있는 예쁘고 고상한 딸, 아버지와 오빠들에게 끔찍이도 사랑받는 막내딸이라고 내세우는 쪽이, 결혼 시장에서는 더 나을 수도 있으니까요.

결혼 시장용 아이템 같다고요? 이분, 재미있는 말씀을 하시네.

밖에서 보면 그렇게 보일 수도 있겠네요. 하지만 보통 이런 결혼은 어느 정도 대등한 집안끼리 이루어지는 거니까요. 그 결혼으로 얻게 되는 것, 얻어내야 하는 것은 우리 집안 못지않은 집안의 안주인 자리죠. 그건 생각보다 중요해요.

사랑 좋죠. 하지만 평생 내로라하는 집안의 외동딸로 자란 사람이, 사랑 하나만 믿고 아무 어중이떠중이 같은 남자와 결혼해서 사는 게 행복할까요? 그런 선택을 한 사람들이 없는 건 아니에요. 하지만 솔직히 있는 집 딸이 그런 결혼을 해봤자, 그 상대 남자가 살아온 세계로 굴러떨어지는 것밖에 더 하겠어요? 전락한다고 말하면 심하려나. 아니면 상대 남자가 아예, 남자 신데렐라를 꿈꾸면서 기어들어오는 것일 수도 있고. 그래서 그 남자 신데렐라를 데리고 둘이서 영원히 행복하게 살았습니다, 하면 좋겠지만, 대개 그런 남자들은 이 부잣집 딸을 등쳐먹거나, 한자리하고 싶어서 숙이고 들어오는 놈들인걸요.

어느 쪽이라도 알뜰한 선택은 아니에요. 그렇지 않아요?

어쨌든 제이드 선생님은, 내게 테크닉을 가르치고 연습시키기 위한 선생님으로 우리 집에 들어왔습니다. 실제로도 가르치는 건 잘했고요. 우리 집에서 제이드 선생님의 공식적인 위치는 내 가정교사, 음악 가정교사였어요. 우리 집 같은 집안에선 이상할 게 없는 위치였죠.

아버지는 제이드 선생님을 소개하면서 그런 말씀도 하셨습니다. 위대한 베토벤도 젊었을 때는 귀족 가문의 가정교사가 되어 그 집 딸들을 가르쳤다고요. 그때까지만 해도 제이드 선생님이 아버지의 정부로 이 집에 들어왔던 건 아니라고 알고 있어요.

사실 제이드 선생님은 여러 면에서…… 아버지 취향이긴 했었죠. 그동안 아버지가 곁에 뒀던 여자들을 생각해보면요. 일반인치고는 미인이고 단정한 인상, 박꽃이나 배춧속처럼 뽀얀 얼굴에 새카만 눈동자, 입술은 엷고 발그레해 인상이 부드러운 젊은 여자. 화려하지 않고 어떻게 보면 평범해 보이지만 하나하나 뜯어보면 아름다운, 마치 신윤복의 〈미인도〉 같은 고전적인 타입들이었어요. 여기에 공부든 예술 쪽이든 뭐라도 빼어나게 잘하는 게 하나 있어야 하고요. 딱 그렇게 아버지 취향을 모아놓은 것 같은 여자였는데도, 그때까지 호감만 표하고 손을 대지 않았던 건, 아버지가 제이드 선생님을 일종의 투자 상품처럼 생각했던 게 컸을 거예요. 회사에서 계속 후원했으니까. 언젠가 성공해서 FW의 문화적 위상을 한껏 높여주어야 할 순간에, 아버지의 정부라고 소문이 도는 건 곤란하니까. 하지만 제이드 선생님이 그 궤도에서 한 걸음 비켜나고, 내 레슨을 맡게 되면서 아버지도 제이드 선생님에 대해 거리낌이 없어졌다고 해야 할까요.

여튼 그 무렵 우리 집은 무척 재미있었습니다. 모든 것이 잘 돌아가는 것처럼 보였죠. 아버지는 내게, 예고에 가려면 무대에도 익숙해져야 한다며 주말마다 집안에서 작은 음악회를 열었어요. 제가 연습한 곡을 들려드리기도 하고, 제이드 선생님의 독주를 듣기도 하고, 때로는 저와 어머니, 그리고 제이드 선생님까지 세 사람이 함께 연주하는 일도 있었어요.

"뼈대 있는 집안이라는 게 이런 거지."

아버지는 온더락을 마시며 만족한 듯 그 모습을 바라보곤 하셨습니다. 우리 집안이 이렇게 문화적인 집안이라고, 대갓집, 대갓집 하고 말들은 많이 하지만, 사람이 가족과 더불어 숨 쉬듯이 문화나 예술에 대해 이야기할 수 있는 분위기만큼 좋은 것은 없다고요. 아버지는 때로 어머니를 향해 그런 말씀을 하시기도 했습니다.

"가족 모두가 화목하니 좋구려, 여보."

어머니는 그 말을 듣고 웃으셨지만, 조금 전 어머니의 손을 잡고 감사를 표한 아버지가 제이드 선생님의 허리에 팔을 감고 침실로 갈 때마다 굳은 표정으로 고개를 저었습니다.

"……집에 여자애가 있는데, 분별 있게 행동하면 좀 좋을까."

예, 아버지는 정은 많았지만 사려 깊은 사람은 아니었지요. 혹은 어머니가 그동안 '집 밖의 여자들'에 대해 말했던 불만에 대한 반발이었을지도 모르고요. 그게 아니라면, 이 집안에서 아버지는 그런 일을 해도 되는 사람이라고, 스스로에게 무척 관대하게 굴었거나요. 어느 쪽이라도, 우리 집에 온 제이드 선생님이 아버지의 '미스트리스'가 되는 데는 한 달도 채 걸리지 않았습니다. 그 직전까지는 신경을 곤두세우던 어머니도, 곧 납득하셨지요. 밖에서 이 여자 저 여자 만나는 것보다는 차라리 낫다, 어릴 때부터 봐와서 그 성품에 대해서는 잘 알고 있으니 마음이 놓이기도 하고, 대외적으로는 예고 입시를 위해 특별히 모셔 왔다고 말할 수 있어서 민망하지도 않은 데다, 아버지도 공연히 밖으로 나돌지 않으니 일석삼조라고요.

하지만 사고는 늘 생각지도 못한 곳에서 터지는 법입니다. 바로 내 외삼촌인 오정창 부사장이 문제였지요.

"아니, 세상에 이게 누구예요."

어머니의 막냇동생인 오정창 부사장은, 자신만의 독창적인 세계를 가진 예술가들을 좋아하고, 문화와 예술을 사랑하는 애호가인 척하는 사람이었습니다. 딱히 나쁜 의도가 있는 건 아니고, 몇 걸음 떨어져서 보면 제법 멋있게 보이는 면도 있지만 가까이서 보면 좀 우스꽝스러운, 요즘으로 치면 힙스터 지망생 같은 사람이었지요.

"제이드 안, 맞죠?"

"아……."

"나 그때, 보러 갔었어요. 마침 그쪽 근처로 출장 중이었는데, 큰누나네 재단에서 후원하는 바이올리니스트가 결선까지 올랐다고 해서."

"감사합니다."

"보자마자 생각했는데. 이 사람의 팬이 되어야겠다고."

물론 평범한 사람이 그러는 거라면 자신의 취향을 찾

아서 방황하거나, 기껏해야 자아 찾기 여행을 가는 정도로 끝날 일이었습니다만, 문제는 이 사람이 GK그룹 후계자였다는 데 있었습니다. 자아를 찾고 방황을 해도 스케일이 남달랐고, 그에 따르는 후폭풍도 만만치 않았습니다. 예, 이 사람은 자기가 제이드 선생님에게 반했다는 걸 숨기질 않는다는 게 문제였어요. 평소에는 1년에 한두 번이나 얼굴을 봤나 싶던 외삼촌은, 제이드 선생님을 만나기 위해 갑자기 우리 집에 뻔질나게 드나들기 시작했습니다. GK 쪽 행사에 솔리스트로 참여해 달라고 요청하기도 하고, 음악 활동을 계속하는 데 후원자가 필요하다면 GK가 든든한 후원자가 되어주겠다고 나서기도 했습니다. 그럴 때마다 제이드 선생님은 곤란한 표정으로 고개를 저었지요.

"사람은 재능만으로 성공할 수 없어요. 누군가의 도움도, 운도 필요하단 말입니다. 당신은 그 기회만 잡는다면 누구보다도 잘될 수 있는 사람인데…… 대체 왜 그렇게 싫다는 겁니까."

"저는 FW문화재단의 장학생 출신이었고, 지금도 FW 회장님의 후원을 받고 있으니까요."

"어린 당신을 발굴해서 기회를 준 건 고맙지만, 매형이 지금 당신을 제대로 후원하고 있긴 한 겁니까? 나 같으면, 당신을 열 번이든 스무 번이든 무대에 올려서, 더 키워줬을 거예요. 클래식계의 스타로 만들어줬을 거라고요!"

제이드 선생님은 거절했습니다. 예, 분명히 말해 선생님은 자신의 분수를 잘 알고 그에 맞게 현명하게 처신했어요. 하지만 오히려 그런 태도 때문에, 외삼촌은 제이드 선생님을 오해하게 되었습니다. 선생님은 이 상황을 원치 않는데, 아버지가 강압적으로 제이드 선생님을 곁에 두고 있는 거라고요.

외삼촌은 그때 서른 살이었습니다. 아버지와 달리 젊고 잘생겼고, 결혼도 하지 않았죠. 약혼자가 있긴 했지만, 어차피 자기가 좋아서 하는 결혼도 아니었고요. 예, 외삼촌이 자신을 뿌리치는 제이드 선생님의 손을 잡아누르며 키스를 한 것도 그렇게 놀라운 일은 아니었어요. 그야말로 사람들이 좋아하는 드라마나 로맨스소설의 한 장면 같긴 했겠지요. 모든 걸 다 가진 것 같은 재벌 3세가, 재능만 뛰어날 뿐 아무것도 갖지 못한 가난한 여자를 사랑해서, 설령 이 사랑 때문에 자기 인생을 다 그르치게 되더라도 나는 이 사람과 함께하겠다고 선언하는 것은요. 하지만 현실은 말이에요, 그렇게 녹록지 않다는 게 문제였죠. 제이드 선생님은 외삼촌과의 만남을 부담스러워했고, 그 키스에 대해서도 추행을 당했다고 생각하고 있었어요. 다른 남자의 정부 노릇을 하고 있으면서, 그게 무슨 대수냐고요? 우리 아버지와는 기브 앤 테이크, 주는 게 있으면 받는 게 있는 계약관계였고, 외삼촌은 아니었죠. 무엇보다도 외삼촌과의 일이 알려지면 아버지와의 계약관계는 그대로 끝나는 거고요. 미스트리스로 지내는 게 안락해서, 그 일에 집착했던 건 아닐 거예요. 아버지와의 인연이 남아 있는 이상, 제이드 선생님은 다시 음악으로 성공할 기회를 잡을 수 있을 거라고 생각했어요. 희망 고문이라고 해야 하나요. 부질없는 희망이긴 한데, 한편으로는 그게 또 맞는 생각이긴 했어요. 우리 아버지가 호구도 아니고, 재능이 어중간한 애인이 음악으로 대성하게 만들 수는 없어도, 자신을 배신한 여자가 두 번 다시 음악에 손도 못 대게 만드는 정도는 식은 죽 먹기보다 쉬울 사람이니까. 그래서 제이드 선생님은 이 일을 아버지께 말씀드렸습니다.

  사실 곤란한 이야기죠. 아내를 배신하고 정부를 둔 남자가, 처남이 자신의 정부에게 호감을 품었다는 것을 알게 되는 것은. 하지만 제이드 선생님은 그때 스물여섯 살밖에 되지 않았습니다. 자신의 편을 들어줄 리 없는 '본처'에게 의논해야 할까요? 당신의 남동생이 나를 탐내고 있다고? 그런 건 정말로 누구와도 상의할 수 없는 문제였을 겁니다.

  어쨌든 아버지는 그 일을 조용히 잘 해결하셨습니다. 외삼촌은 별도 허락이 떨어질 때까지 우리 집에 출입할 수 없게 되었고, 어머니는 한동안 아버지의 눈치를 살피며 지내셨습니다. 집안 분위기도 가시방석 같았지요. 제이드 선생님은 제 눈치를 보았고, 저는 어머니의 눈치를 보았습니다. 선생님을 바꿀까요, 다른 선생님한테 배우면 더 빨리 늘 것 같아요, 하고 어머니께 말씀드렸던 것도 그 무렵이었습니다. 하지만 어머니는 고개를 저으셨지요.

  "네 아버지는 능력 안 되는 사람에게 일을 시키는 사

람이 아니야. 네 아버지가 네 선생님으로 데려왔으면, 네 아버지 보기에 충분히 그 일을 하고도 남을 사람이라 데려온 거지."

그건 그래요. 음악가로 성공하고, 명성을 얻고, 꾸준히 그 일을 하는 데는 실패했다고 해도, 적어도 세계 최정상의 자리에 올라갈 수 있는 신예들과 어깨를 나란히 하고 상도 받았던 사람이죠. 일단은 예고를 지망하고 있지만 진지하게 전공을 생각하는 것도 아닌 중학생 하나 가르치는 것 따위, 그 사람에게는 일도 아니죠. 하지만 문제는 그게 아니었잖아요.

"……충분히 하고도 남아서 다른 일까지 하는 게 문제인 거잖아요."

어머니는 내 뺨을 때렸습니다. 하지만 곧, 수치스러워 견딜 수 없다는 듯한 표정으로 고개를 돌렸습니다. 어린 딸이, 아버지가 데려온 개인 레슨 선생님이 아버지의 '미스트리스'라는 것을 알고 있다는 것과, 아니면 어머니가 늘 비현실적인 싸구려 드라마라고 말씀하시던 그런 드라마에 나오는 재벌 회장 부인들처럼 함부로 손찌검한 것 중 어느 쪽이 어머니에게 더 수치스러웠는지는 나도 모릅니다. 나는 죄송해요, 하고 말하고는 입을 다물었습니다. 어머니가 나를 흘겨보며 나직하게 중얼거렸습니다.

"네 아버지한테 함부로 말하지 마라."

그때의 나는 어머니의 말씀을 이해할 수 없었습니다. 이 일은 어머니가 눈치를 볼 일이 아니었으니까요.

하지만 지금은, 지금의 나는 그 말을 이해할 수 있을 것 같네요. 원래 대갓집들 중에는 가부장적인 가문이 많았습니다. 그중에서도 어머니의 친정인 GK그룹은 특히 그 정도가 심했지요. 유능한 딸이 열 명이 있다고 해도 아들을 낳지 못하면 양자를 들여야 한다고 생각하는, 그런 집안이었으니까요. 그 집안에서는 지금도, 여자라면 마땅히 남편이 다른 여자를 만나도 잠시의 바람이겠거니 하고 묻어주고, 밖에서 아이를 낳아 오더라도 자기 아이로 호적에 넣을 만큼 치마폭이 넓어야 한다고 말하고 있습니다. 외삼촌이 우리 집에 올 수 없었던 것도, 이 집의 주인인 아버지가 명령했기 때문이었지요. 어머니가 혹시나 외삼촌의 그런 행동을 미리 알고 막으려 했더라도, 외삼촌은 귓등으로도 듣지 않았을 것입니다. 사내라는 것은 그런 것이니까요. 하물며 그때에, 어머니가 이 모든 일을 견디지 못하고 아버지와 싸우거나, 별거를 하거나, 이혼이라도 하겠다고 나섰다면, 어머니의 친정은 결코 어머니를 보호해주지 않았을 것입니다. 많은 재벌 가문들이 딸에게도 경영권을 나눠주고, 이혼하고 돌아온 딸에게 바로 자회사의 임원 자리를 주기도 하는 지금 시대에는 이해할 수 없는 일이지만, 바로 지금 이 시대에도 어떤 집안에서는 엄연히 벌어지는 일이기도 하지요.

그래서 어머니는 내게도 당부했습니다.

"제이드 선생님은 현명하게 잘 대처한 거다. 그 사람은 나와 척을 지려고 그렇게 행동하는 게 아니야. 내가, 네 외삼촌이 제이드를 유혹하려는 것을 알고도 막지 못했으면, 네 아버지의 분노가 어디로 향했겠니. 차라리 내가 아무것도 몰랐다고 하는 편이, 나와 너희들에게는 더 나았던 거란다."

어머니는 '현명'하고 '지혜'로운 여자가 되라고 교육을 받으셨습니다. 현명하고 지혜로운 여자란, 아버지나

남편이나 아들과 같은 남자의 이익을 위해 자신의 이익을 포기할 수 있는 여자를 말합니다. 그렇기 때문에 어머니는 우리 앞에서는 아버지에게 함부로 말하지 말라고 당부하는 한편, 아버지의 미스트리스가 유혹에 현명하게 대처했다고 칭찬씩이나 할 수 있었던 것입니다.

하지만 제이드 선생님은 정말로 유혹에 현명하게 대처한 것일까요. 그냥 그 사람의 입장에서는, 외삼촌이 별로 매력적이지 않은 상대였던 것은 아닐까요. 어쩌면 진짜 예술가에게는, 예술 애호가인 척하는 사람이 꼴사납고 우스꽝스러워 보였을 수도 있고요. 어느 쪽이든 제이드 선생님은 대갓집의 젊은 정부들이 쉽게 빠져드는 함정 하나를 피해 간 듯 보였습니다.

하지만 제이드 선생님이라고 욕망이 없고 야심이 없었을까요. 나이 스물여섯에, 제법 사치스러운 생활을 할 수 있다고는 해도 아내 있는 남자의 소실 자리를 꿰차고 앉은 것으로 만족했을까요. 그럴 리 없습니다. 제이드 선생님은 여전히 음악을 포기하지 않았거든요. 그는 솔리스트가 되고 싶었습니다. 언젠가 큰 무대에서 자신의 이름을 내건 연주회를 하고 싶어 했지요. 세계적인 연주자가 되지 않았다고 해서, 국내에서 성공하지 말라는 법은 없습니다. 게다가 그때는 아직 TV가 대세였지요. 가족들이 TV 앞에 둘러앉아 〈열린음악회〉 같은 것을 보던 시대였습니다. 국내파 연주자로 어느 정도 명성을 만들면, 그런 데 나가서 스타가 될 수도 있었겠지요. 물론 아버지에게는 그 꿈을 이뤄줄 능력이 있었습니다. 세종문화회관을 대관하고 호의적인 기사를 써줄 만한 기자들을 불러들이는 것도, 두 번째나 세 번째 공연부터는 전석 매진을 달성시키는 것도, 아버지에게는 별일이 아니었으니까요. 하지만 어머니가 반대했습니다.

"당신이 제이드 일에 손을 대면, 기자들이 금세 눈치를 챌 거예요."

"광고들 전부 빠지는 꼴을 보고 싶으면 겁도 없이 헛소리들을 하겠지요."

"그 사람들이 자기들 신문사에만 충성하는 사람들이면 걱정이 없겠지만, 기자들이 어디 그런 사람들인가요? 돈푼이나 탐나서 증권가에 애먼 소문을 흘리고 다닐까 봐 그러지요."

"으음……."

"저와 약속하셨어요. 누구와 만나든 무슨 짓을 하고 다니든, 이 집 담장 밖에 그 소문이 흘러 나가는 일은 없을 거라고. 그렇지요?"

아버지는 그 말에 결국 고개를 끄덕이셨습니다. 소문나게 놀지 않을 것, 사생아는 만들지 않을 것, 그건 엄밀히 말해 어머니와 한 약속이 아니라, GK와 한 약속이었기 때문이지요. 아버지가 그 일에 나서지 않을 거라는 확답을 받자마자, 어머니는 제이드 선생님을 부르셨습니다. 입시 준비는 잘되고 있는지, 지망하는 학교에 합격할 것인지 어떤지, 평범한 학부모처럼 그런 것을 묻다가 말고, 어머니가 말씀하셨지요.

"서두르지 않아도 되잖아? 아직 스물여섯 살인데."

"무슨 말씀이신지……."

"회장님께서 우리 제이드의 연주회 이야기를 하셨어."

"아, 예……."

"그래, 나도 제이드가 잘하는 거 알아. 어릴 때부터 봐왔으니까 잘 알지. 그런데 말이야. 지금 우리 딸 입시 봐준다고 여기 와서 지내고 있는데, 지금 연주회 같은 것을 생각하는 건 좀 무리가 아닐까?"

"당장 하겠다는 건 아니에요. 입시까지 이제 석 달 남았고……. 그다음에 뭔가 준비해보려고 생각하던 중이었습니다. 사모님께서는 언제가 좋다고 생각하시는지요."

사실 이건 어머니가 기대하던 대답은 아니었습니다. 어머니가 생각한 대답은, 죄송합니다, 제가 생각이 짧았습니다, 사모님 뜻을 따르겠습니다, 뭐 그런 대답이었을 거예요. 하지만 제이드 선생님은 연주회를 포기할 생각이 없었습니다. 그것도 이름을 알리거나 무대 경험을 쌓기 위해 하는, 지인들이 와서 박수 쳐주는 그런 작은 연주회가 아니라, 제대로 된 곳에서 무대를 갖고 싶다고 늘 이야기했으니까요. 그리고 그런 제이드 선생님의 반응에, 어머니는 마음이 제대로 상하셨습니다.

"……꼭 연주회를 해야겠어?"

"예?"

"나는 제이드가 이 집에서 지내는 이상, 대외 활동은 자제하는 게 맞지 않나 생각해. 회장님의 위신을 위해서라도 말이야."

"제가 이 댁에서 지내는 게, 왜요?"

"지금 몰라서 그렇게 말해?"

"제가 여기 의탁하겠다고 먼저 말씀드린 게 아니에요. 회장님께서 따님 입시도 있으니 와달라고 하신 거죠. 그게 그렇게 회장님의 위신에 금이 갈 만한 일인 줄은 몰랐고요."

어머니는 화가 머리끝까지 난 채로 자리에서 일어나셨습니다. 그 서슬에 테이블에 놓여 있던 찻잔이 흔들려 차가 쏟아졌지요. 제이드 선생님은 어머니를 빤히 쳐다보다가 말씀하셨습니다.

"안심하세요, 사모님. 사모님의 자리를 노리거나, 회장님께 다른 걸 바라는 건 아니니까요."

"너!"

"그냥 저는 이 음악밖에는 아무것도 없는데, 이 일을 계속하려면 돈과 후원자가 필요해서 그래요. 제 재능만으로는 세계 정상급, 그런 음악가는 될 수 없으니까. 그래서 회장님의 제안을 따른 것뿐이에요. 그 이상은 아무것도 바라지 않습니다."

"됐어, 여자는 자고로 담장 밖으로 목소리가 새어 나

가면 안 되는 거랬지. 네가 내 집에 머무르는 한, 너는 이 담장 밖으로 바이올린 소리 한 음 새어 나가지 않는 거야. 그게 맞아. 대갓집에는 대갓집의 법도가 있는 거니까. 무슨 말인지 알겠어?"

제이드 선생님은 알겠다고 말씀하셨습니다. 대신 어머니께, 훗날 선생님이 이 집을 떠나게 되더라도 그동안의 노고에 보답하는 의미에서 원하는 콘서트홀에서 세 번, 연주회를 성공시켜주겠다는 약속을 받아냈지요. 말만으로 하는 약속은 약속이 아니라는 말에, 어머니는 자필로 그 내용을 써주기까지 하셨습니다. 제이드 선생님은 그 자필 문서를 들고 가서 '현명한' 첩실답게 행동했지요. 아버지께 어머니께서 하신 말씀을 고스란히 말씀드린 것이었습니다.

"사모님께서 그러셨어요. 연주자가 되고 싶으면 이 댁을 떠나라, 이 댁에 머무르는 동안에는 담장 밖으로 바이올린 소리 한 음 새어 나가선 안 된다고요."

"제이드, 집사람이 말한 것은 그런 뜻이 아니었을 거다. 아마 지금은 입시에만 집중하라는 뜻이겠지."

"예고 입시에 성공하면, 그다음은요? 사모님께서는

제가 연주 활동을 하는 것이 회장님의 위신에 금이 가는 일이라고 하셨어요. 회장님의 은혜로 지금까지 공부할 수 있었습니다만, 그러면 저는 결국 뭔가요. 회장님 댁에 갇혀 있는, 평생 울지 못하는 카나리아 같은 건가요?"

아버지는 격노하셨습니다. 하지만 그 분노는 제이드 선생님께 향하지 않았어요. 자신의 미스트리스에게 화를 내고 내쫓아버리기엔 아직 싫증이 덜 났을 시기이기도 했고, 무엇보다도 제 입시가 걸려 있었거든요. 입시까지 석 달도 안 남은 상태에서 레슨 선생님을 바꾸는 건 누가 봐도 좋은 생각이 아니었으니까요. 그 대신, 그 분노는 어머니에게 온전히 쏠렸습니다.

아버지는 제이드 선생님께 언제 연주회를 하게 해주겠다는 약속 같은 것은 해주지 않았습니다. 대신 아버지는 어머니께 제이드 선생님께 말도 붙이지 말라고 명령했습니다. 그리고 한동안은 모두가 평화로운 가운데, 저는 입시를 준비하고 있었지요.

그리고 마침내 제 실기시험이 끝나고 며칠 뒤, 사고가 생겼습니다.

―+―◉―+―

큰오빠는 그때 대학생이었어요. 오빠도 저와 마찬가지로 어렸을 때부터 음악을 배웠지만, 예고에는 가지 않았어요. 대를 이을 장남이었고, 공부도 제법 잘했으니까요. 오빠는 아버지의 기대에 부응하듯 명문 대학교에 들어갔고, 그곳에서 학교 오케스트라 활동을 했습니다. 아마추어 오케스트라라고는 하지만 음악에 관심 많은 학생들, 한때는 음악을 하는 것도 고려할 만큼 음악에 소질이 있는 학생들이 모인 곳인 데다, 학교 안에 음대도 있어서 음대생들도 많이 참여하고 있었기 때문에 대학생 오케스트라치고는 레퍼토리도 많고, 수준도 낮지 않은 편이었습니다.

그때 오빠는 4학년이었고, 졸업을 앞두고 있었기 때문에 정기 연주회에 직접 참여하진 않았어요. 하지만 오케스트라 활동을 좋아했으니까 스태프로 참여하고 있었지요. 그러던 중에 문제가 생겼습니다.

"네 오빠가 학교 정기 연주회를 도와달라는데."

"학교 오케스트라를요?"

"응, 협연하기로 한 친구가 팔을 다친 모양이야. 공연까지 열흘밖에 안 남았는데, 따로 준비할 사람이 없다고 하더라."

"선생님이 협연하시는 거예요? 선생님은 그래도 세계 무대에서 2등도 하셨던 분인데, 오빠네 오케스트라 사람들 다들 기죽는 거 아닌가 모르겠어요."

"그렇지 않을 거야. 그 학교면 전국에서 실기로 손꼽히는 아이들이 다 들어가는 학교인걸."

그럼에도 불구하고, 오빠가 다른 사람도 아닌 선생님을 찾아온 이유는 간단했습니다. 그 곡이 바로, 선생님이 콩쿠르에 나갔을 때 연주했던 곡이었거든요. 선생님은 잠시 주저하다가 곧 승낙하셨습니다. 내 입시도 끝났겠다, 오랜만에 무대에도 설 수 있겠다, 나쁠 게 없었지요. 게다가 그때까지도 어머니는 아버지께, 제이드 선생님 일로 말을 꺼내는 것을 허락받지 못했습니다. 우리 집에 와서 지내는 동안, 아버지가 부르실 때를 제외하면 나의 입시에만 몰두해온 제이드 선생님이었습니다. 다른 일도 아니고 오빠가 부탁한 건데, 잠시 무대에 서는 것 정도는 문제가 될 것 같지 않았습니다.

  무대는 성공적이었어요. 그런데다 오빠네 학교 정도의 명문 대학교 오케스트라 정기 연주회에는, 신문의 문화예술면 기자들도 관심을 갖는 모양이더라고요. 오빠는 제이드 안의 연주에 호평하는 기사를 들고 왔습니다. 그리고 그때 나는 보았습니다. 무슨 이야기를 하다가 둘의 손끝이 자연스럽게 맞닿는 것을요.

  그건 아주 별일 아닌 일일 수도 있었습니다. 함께 공연을 성공시킨 팀 동료 같은 느낌이었을지도 모르지요. 하지만 조금 더 나아가서 생각하면, 오빠는 제이드 선생님과 동갑이었습니다. 명문 대학에 다니고 있고, 졸업하면 아버지 회사에서 일할 것이고, 몇몇 다른 가문의 딸들과 혼담이 오가고는 있었지만 약혼을 한 것도 아니었습니다. 그런 상황에서 바로 지근거리에, 잠시나마 세계의 정상을 보고 온 동갑내기 여자가 머무르고 있었던 거예요. 제이드 선생님도 비슷한 생각이었을지도 모르지요. 외삼촌보다 훨씬 나은 조건인 또래 남자가 자신에게 호감을 갖고 있다면요. 한 지붕 아래에서 두 사람이, 그 이전부터 서로 끌리고 있었다고 하더라도 이상할 것은 없는 상황이었지요.

하지만 단순한 호감이라고 해도, 아버지께 들켰다간 두 사람 모두 큰일이 날 게 틀림없었습니다. 길게 고민할 것도 없었어요. 나는 어머니께 달려가, 큰오빠가 학교 오케스트라 공연에 제이드 선생님을 불렀다고, 그리고 그 이후로 큰오빠가 선생님을 좀 좋아하는 것 같다고 말했습니다. 누군가 혼이 난다면 큰오빠만 혼나도 될 일이라고 생각했어요. 아무리 크게 혼이 나더라도 큰오빠는 이 집안의 장남, 아버지의 후계자, 설령 아버지의 진노를 사더라도 집에서 아주 쫓겨날 사람은 아니었습니다. 하지만 제이드 선생님은 그렇지 않았으니까요. 이 일은 일방적으로 큰오빠가 선생님께 관심을 가진 것이 되어야만 했습니다. 그렇지 않으면 제이드 선생님은 모든 것을 잃고 말 테니까요.

어머니가 달려갔을 때, 큰오빠는 제이드 선생님과 한 침대에 누워 있었습니다. 어머니는 미친 사람처럼 제이드 선생님에게 달려들었습니다. 옷을 챙겨 입을 틈도 주지 않고 머리채를 휘어잡아, 그대로 바닥으로 끌어내렸습니다. 큰오빠가 말리려 했지만 막무가내였습니다. 나는 그 자리에서 도망쳤습니다. 그리고 윤 집사를 찾았습니다. 윤 집사는 내 이야기를 듣고 바로 큰오빠의 방으로 달려갔습니다. 그리고 내가 뒤따라 들어가려는 것을 가로막으며 문을 안에서 걸어 잠갔지요. 안에서는 시끄러운 소리, 큰오빠의 비명이 들렸습니다.

"도련님을 안에다 가둬."

잠시 후, 윤 집사가 기절한 듯한 제이드 선생님을 끌고 나왔습니다. 윤 집사의 손에는 종이 같은 것이 들려 있었습니다. 나는 뒤따라가려 했지만, 어머니가 붙잡았습니다. 그리고 잠시 후, 큰오빠의 방 쪽에서 요란한 소리가 났습니다.

지붕 위에서 떨어진 제이드 선생님이, 큰오빠의 방 앞쪽으로 굴러떨어지며 정원으로 추락한 것이었습니다. 그리고 잠시 후, 구급차 두 대가 집으로 들어왔습니다. 한 대에는 제이드 선생님이, 다른 한 대에는 오빠가 실려 가는 모습을 나는 보았습니다. 나는 덜덜 떨며 어머니께 물었습니다.

"어떻게 된 거예요. 제이드 선생님은……."

"넌 아무 말도 하지 마."

잠시 후, 아침 일찍 출근하셨던 아버지가 돌아오셨습니다. 어머니는 아버지께, 곤란한 표정을 지으며 말씀하셨습니다.

"제이드가 투신했어요. 그 애가 우리하고 의논도 안 하고 S대 오케스트라와 협연을 했다더라고요. 그게 신문에 난 것을 윤 집사가 보고 어찌 된 일이냐고 물어봤더니, 우리가 저를 쫓아내려는 것인 줄 알았는지 그만……. 큰애가 제이드가 투신한 걸 보고 실신하는 바람에, 그 애도 지금 병원에 보냈어요. 그래서 제가 늘 말씀드렸잖아요."

참담한 표정으로 정원을 둘러보시는 아버지를 바라보며, 어머니는 조용히 웃으셨습니다.

"그 애가 언젠가 큰 사고를 칠 거라고요."

결국 제이드 선생님은 죽었습니다. 병원에 도착했을 때 이미 목이 부러져 절명 상태였다고 들었습니다. 저는 지금도 제이드 선생님이 죽은 채 지붕에서 떨어졌는지, 아니면 지붕에서 떨어지며 숨이 끊어진 것인지는 알지 못합니다.

  제이드 선생님의 부모님께 연락하고, 장례 비용은 우리 집에서 부담했습니다. 이미 죽어 더 이상 어머니를 신경 쓰이게 할 일이 없다고 생각하셨기 때문일까요. 어머니는 클래식 잡지의 기자들에게 보도자료를 주고 제이드 안에 대한 추모 기사를 내게 했습니다. 한때 촉망받던 신성이었고, FW의 지원을 받아 세계 무대에 섰으며, 한동안 침체기였지만 다시 날아오르려 하던 젊은 천재가, 지병인 우울증으로 스스로 목숨을 끊었다고요. 제이드 선생님의 무대 영상을 담은 기업 이미지 광고도 내보냈습니다. 아버지께도, 제이드 선생님의 부모님께도 그런 영상과 기사들이 조금이나마 위로가 되셨는지는 모르겠습니다. 하지만 한 가지 분명한 것은, 제이드 선생님은 그런 입에 발린 기사 따위로 위로받지 못했다는 것이었습니다.

  시작은 윤 집사였습니다. 윤 집사가 아침에 마시려고 내린 커피 잔에는 피가 가득했습니다. 어머니의 옷장 서랍에서도, 제이드 선생님의 머리카락 같은 가늘고 긴 머리카락들이 나오기 시작했습니다. 정원에 물을 주려고 스프링클러를 틀었는데, 피처럼 새빨간 녹물이 쏟아져 나와 정원에서 쇠 비린내인지 피비린내인지 모를 냄새가 나기도 했습니다.

큰오빠는 퇴원을 했지만, 자꾸만 제이드 선생님이 보이는 것 같았습니다. 낮에는 멀쩡하던 사람이, 밤만 되면 자다가 일어나 허우적거리며 정원을 돌아다녔습니다. 바로 그 무렵부터 집안사람들 사이에 이상한 소문이 돌았습니다. 한옥의 지붕 형태로 만든 우리 집 지붕, 용마루에서, 누군가가 머리를 길게 풀어 헤친 채 바이올린을 연주하고 있다고요. 그리고 오빠는 마침내 제이드 선생님을 만난 모양입니다. 제이드 선생님이 지붕에서 떨어져 머리에 피를 쏟고 쓰러져 있던 바로 그 자리에서, 오빠도 똑같은 모습으로 쓰러진 채 발견되었으니까요.

자꾸만 집에 이런 일이 일어나자, 아버지도 마침내 몸져누우셨습니다. 아버지는 특별한 이상은 발견되지 않았지만, 자꾸만 온몸의 통증을 호소하며 우리 계열사인 FW병원 특실에 누워 계셨습니다. 하지만 저녁 어스름이나 희미한 불빛이 있을 때 간호사가 들어가보면, 머리카락이 긴 젊고 아름다운 여자가 아버지 곁에서 바이올린을 연주하고 있다가, 불을 켜면 바로 사라졌다고 합니다. 그렇게 하루하루 지나갈 때마다 아버지는 점점 더 여위시더니, 마침내 걷지도, 말하지도 못하는 상태가 되어버렸습니다.

제이드 선생님이 돌아가시고 석 달이 지났을 무렵, 우리 집은 두 번의 장례식을 더 치러야 했습니다. 제이드 선생님의 사십구재가 되던 날에 오빠가 떠났고, 선생님이 돌아가시고 백일이 되던 날에는 아버지도 돌아가셨으니까요. 그렇게 장례식을 치르고 돌아왔을 때, 어머니와 윤 집사는 거실에서 제이드 선생님과 마주치셨다고 합니다.

"사모님 곁에는 이제 회장님도, 아드님도 안 계시네요. 지금은 두 분 모두 제 곁에 계십니다만."

어머니는 남은 힘을 그러모아 제이드 선생님의 뺨을 때리려 하셨습니다. 하지만 제이드 선생님은 그대로 사라졌고, 어머니는 바닥에 무너지셨습니다. 통곡하며 무너지던 어머니의 눈에, 창문 밖에 서 있는 제이드 선생님의 모습이 보였습니다. 제이드 선생님이 바이올린을 들자, 큰오빠가 첼로를, 아버지가 피아노를 연주하기 시작했습니다. 그리고 그 음악 소리와 함께, 사람들이 한 명씩 피를 토하며 쓰러지기 시작했습니다. 어머니도, 윤 집사도요. 예고에 겨우 합격한 나와, 대학에 합격한 둘째 오빠만이 남아서 외가인 GK의 보호를 받았습니다만, FW 계열사들은 그대로 쪼개져 GK에 합병되는 수순을 밟았습니다.

그것이 한때 한국 재계를 주름잡던 대갓집이었던 우리 가문이 어떻게 무너졌는지에 대한 이야기입니다. 내 입으로 굳이 말하지 않아도, 몇 번인가 여성잡지에 "무속인이 말하는 FW 몰락의 전말" 같은 제목으로 실린 적도 있는 이야기였지요. 사람들은 이 일이, 제이드 선생님의 원한 때문이라고도 하고, 제 어머니가 잘못했다고 말하기도 합니다. 혹은 '첩년' 주제에 아버지와 아들을 둘 다 꼬여놓고는, 뭘 잘했다고 원한까지 품고 집안을 망치냐고, 이래서 사람 하나 들이는 게 그렇게 중요하다고 무슨 교훈까지 찾으려 들기도 하고요.

저는 가끔 생각합니다. 이 모든 일이 정말로 제 어머

니나 제이드 선생님의 잘못인 걸까요. 하지만 그 생각을 하다 보면, 자기 아들뻘의 젊은 여자를, 자기 딸의 가정교사를 정부로 삼아서, '미스트리스'랍시고 집에 들어앉힌 사람에 대해 생각하지 않을 수가 없어서, 저도 생각을 멈추게 되곤 한답니다. 어찌 되었든, 집안이 다 망하고도 제가 나름 명문가의 자손입네 하며 우아하게 살 수 있는 것도 사실은 아버지 덕분이긴 하니까요. 그냥 이 모든 것에 대해 아무 생각 안 하고 살 수 있을 만큼 몰염치했으면 좋았을 텐데. 그냥 저희 둘째 오빠처럼, 제이드 선생님이 악귀가 되어 이 집안을 다 말아먹었다고 믿을 수 있으면 저도 편했을 텐데요.

호숫가의 집

김봉석

1.

"하…… 하…… 하악."

신음을 토해내며 민기가 깨어났다.

"뭐…… 뭐지."

민기의 눈에 낯선 지하실이 들어왔다. 창문이 하나도 없다. 퀴퀴한 냄새가 난다. 민기의 10미터 정도 앞에 팬티만 입은 한 남자가 의자에 묶여 있다.

'이게 뭐지…….'

민기도 그 남자와 마찬가지 상태다. 팬티만 입었고, 손발이 덕트테이프로 의자에 강하게 묶여 있다. 철제 의자의 다리는 바닥에 볼트로 강하게 박혀 있다.

　손을 흔들고, 몸을 뒤흔들어도 의자는 거의 움직이지 않았다.

　"이거 봐요, 일어나봐요."

　민기는 앞의 남자에게 소리쳤다.

　남자의 머리가 작게 흔들리고 있었다. 벌어진 입으로 침이 흘러내렸다.

　고개를 든 남자가 게슴츠레 눈을 떴다. 눈이 새빨갛다. 겨우 앞의 민기를 봤는지, 휘둥그레진다.

　"뭐, 뭐야."

　남자는 민기와 같은 말을 내뱉었다.

　"나, 기억나죠?"

　"너, 그래. 같이 차를 타고 왔지. 근데, 그년들 어딨어?"

　남자의 이름은 강후다. 어제도 민기를 보자마자 반말이었다. 나이는 기껏 해봐야 다섯 살이나 많을까. 민기가 스물일곱이니 그래봐야 30대 초반이다. 처음 본 사람에게 욕과 반말을 내뱉던 강후는, 지금도 민기를 하대하고 있다.

"몰라요. 깨보니, 나도 이렇게……."

강후는 몸을 마구 뒤틀었다. 하지만 의자가 조금 흔들리는 정도다.

민기는 고개를 좌우로 돌리며 주변을 둘러봤다. 고개를 오른쪽으로 힘껏 돌리니, 사람이 드나드는 문이 보였다. 철로 된 문이다. 지하실은 누군가, 무엇인가를 감금하기 위한 곳이다. 사람을 구속하기 위한 의자 두 개가 있고, 왼쪽에는 거대한 화로 같은 게 있다.

'보일러? 아니야. 도자기 가마인가.'

도자기를 굽는 가마가 지하실에 있다는 건 이상하다.

"씨발, 이거 좆된 거 아냐."

강후의 욕설에, 민기는 고개를 돌려 그의 얼굴을 쳐다봤다.

"그런 거 같죠? 우리. 혹시 어디까지 기억나요?"

강후는 머리를 굴렸다.

"어제 차 타고 오다가, 그년이 준 맥주를 마시고……."

12시간 전.

계단을 오르며, 민기는 가죽점퍼 주머니에서 전자담

배를 꺼냈다.

'이럴 때는 불을 붙여서 진짜 담배를 피워야 하는데.'

간만에 나온 홍대였다. 3년 전에 함께 밴드를 했던 친구, 는 아니고 멤버가 간만에 연락을 했다.

함께했던 밴드가 깨지고, 그 탓인지 계속 운이 없었다. 6개월을 넘긴 밴드가 없다. 군대를 간다며 갑자기 보컬이 사라져서 공중분해된 밴드가 있고, 남자 보컬리스트와 여자 베이시스트가 연애를 시작했는데 그녀를 짝사랑했던 드러머가 빡쳐서 난장판을 피우는 바람에 해체한 밴드도 있다.

'아니, 잠깐 사귀었다고 했나?'

엉망이 된 후 드러머에게 연락이 와서 만났다. 잠깐 사귀었는데, 그녀가 바람이 났다고 했다. 술이 점점 들어가고, 두어 달의 연애사를 듣는데 아무래도 썸 정도였다. 그 자식은 연애라 생각했을 수 있겠지만, 그 여자에게는 스토킹이었을 수 있는 썸. 하지만 그는 점점 취해갔고 사실을 따지는 건 의미가 없었다. 그 녀석이 같이하자고 했던 밴드는 멤버가 다 모이기도 전에 와해됐다.

어쩌면 오늘 만난 이 자식이 문제의 근원인지도 모른다.

이 자식은 익명이랍시고 트위터에 온갖 말을 다 지껄였다. 다른 멤버에 대한 욕설, 공연을 보러 온 관객은 물론 데뷔 때부터 공연을 보러 왔던 열성팬에 대해서도 갖가지 품평과 욕을 던져댔다. 내부인이라고 짐작만 하다가, 팬들이 인터넷을 샅샅이 뒤져 결국 꼬리를 잡았다. 그가 누구인지 찾아낼 단서가 될 만한 이야기가 여기저기 흩어져 있었고, 그걸 몽땅 이어 붙여 확증을 잡았다.

해체해야만 했다. 문제가 된 그 자식을 내치고 해명문을 내자는 멤버도 있었지만, 내가 반대했다. 그런 녀석을 동료라고 받아준 우리도 문제였다. 트위터에 지껄인 말들도 이전에 술자리 등에서 늘 내뱉은 말들과 크게 다르지 않았다. 다투기 싫고, 잔소리하기도 귀찮으니까 매번 넘어가줬다. 결국 같은 멤버라고 감싸주다 사달이 난 거다. 그건 우리 책임이다.

다시 볼 일이 없을 거라 생각했는데, 3년여 만에 연락을 하더니 꼭 할 말이 있다고 했다.

뭔 짓 하며 사나 궁금하기는 했지만, 기대는 없었다. 마지막 의리라 생각하고 나왔는데 결혼 소식이었다. 결혼할 여자도 데리고 나왔다. 인사를 시켜주며, 자기가 가장 믿는 친구가 민기라고 했다.

'친구인 적도 없었는데'라고 생각했지만, 약간 취한 그는 자기 말만 계속했다.

'하필 왜 나일까.'

아무리 생각해도 알 수 없었다.

그는 왜 나에게 결혼 소식을 전해야겠다고 생각한 걸까. 나를 무시하는 걸까? 갑자기 결혼 발표를 하고 다시 밴드를 하자며 헛소리를 늘어놓아도 나라면 별다른 일 없이 넘어갈 것으로 생각한 걸까? 나를 호구라고 생각하는 걸까?

생각이 꼬리에 꼬리를 물고 이어졌다. 민기는 확 일어나버렸다. 놀란 듯 쳐다보는 그에게 말했다.

"담배."

민기는 건물 밖으로 나와 공원으로 향했다.

'그냥 가버릴까.'

금요일 밤 11시의 공원.

공원 한구석의 흡연 구역은 사람들로 가득했다. 공원에 들어선 민기는 전자담배를 빨며 천천히 걸어 흡연 구역으로 향했다.

민기의 시야에, 한 여자가 들어왔다. 흡연 구역 바깥 벤치에 고개를 숙이고, 두 손으로 얼굴을 감싼 채였다. 긴 생머리가 어깨를 덮었다. 무릎 살짝 위까지 오는 원피스. 연한 하늘색이다. 위에는 하얀 니트. 원피스 아래 다리가 가늘었다. 희고 얇은 발목이 안쓰러운 느낌이었다.

'우는 건가?'

어깨는 들썩이지 않았다.

'취했나?'

몸도, 머리도 흔들리지 않았다.

깊은 생각에 잠긴 듯, 혹은 아무 생각도 없는 듯, 그녀는 아무 움직임도 없이 머리를 숙이고 앉아 있었다. 민기는 가만히 서서 그녀를 바라봤다.

'말을 걸까? 싫은 눈치거나 별로면, 바로 인사하고 돌아서 공원을 나가 지하로 내려간다. 그 자식한테 한마

디 던지고 가버리자. 혹시 여자가 말을 받아주면 어떤가로…….'

민기는, 천천히 걸어가 그녀 앞에 섰다. 그녀는 그대로다. 미동도 하지 않았다.

민기는 천천히 손을 뻗었다.

"저, 괜찮아요? 어디 안 좋으신가요?"

민기의 손이 그녀의 어깨에 닿았다.

그녀는 움찔거리지도 않았다. 두 손을 내리고, 고개를 들어 민기를 쳐다봤다. 큰 눈동자가 우주처럼 검고 깊었다. 눈 속에서 별들이 반짝였다.

"제가 한참 보고 있었는데, 계속 고개를 숙이고 있어서요. 많이 취한 건가, 어디 아픈 건가, 해서."

민기는 미소를 띠며 말했다.

"다행히 괜찮으신 것 같네요."

그녀도 웃었다. 하지만 슬퍼 보였다.

"좋아요. 아무 일도 없고요……. 혹시 나하고 한잔할래요?"

"네? 이렇게 훅……."

"싫으면 말고요."

그녀는 미소를 거뒀다. 그리고 민기의 눈을 날카롭게 쳐다봤다.

"아니요. 좋아요. 당황해서……."

그녀가 일어났다. 키가 꽤 컸다. 170센티미터가 조금 안 될 것 같다.

"이름이 뭔가요?"

"민기, 정민기."

"나는 이미영. 가요."

미영은 반말을 섞어 말했지만, 낯설지 않았다. 친숙한 말투로, 만난 지 두어 달은 지난 것처럼 말을 건넸다. 어딘가 그늘이 진 표정이었는데, 말투와 행동은 지나칠 정도로 씩씩했다. 부조화 같기도 한데, 또 친근했다.

민기는 앞서가는 미영을 말없이 따라갔다.

"어디로 가요?"

"다 왔어요."

커다란 공영 주차장 건물이 보였다. 아마 차를 가지고 온 모양이다.

'취한 것 같지는 않으니, 운전해도 괜찮겠지.'

미영은 건물로 들어가 계단을 이용해 2층으로 올라

갔다. 오른쪽, 다시 왼쪽으로 걸어갔다. 구석에 커다란 오프로드 차량이 보였다.

'지프인가. 설마 저 차?'

여자가 몰기에는 적당하지 않은데, 하고 민기는 생각했다.

차에 가까이 가자, 익숙하지 않은 풍경이 눈에 확 들어왔다. 전면 유리를 통해, 남자와 여자가 엉킨 모습이 적나라하게 내비쳤다. 가죽점퍼를 입은 여자, 정장 스타일의 남자는 입을 맞대고, 열정적으로 혀를 움직이고 있었다.

미영은 키스하는 남녀의 모습을 보고도 아무렇지 않은 듯, 운전석 옆으로 가 창을 두들겼다.

소리를 들었는지, 두 사람의 키스가 멈추고 단발머리 여자가 미영을 쳐다봤다. 그리고 앞에 멍하니 서 있는 민기를 바라보며 씩 웃었다. 엄지손가락으로 뒷자리를 가리켰다.

미영이 뒷문을 열고 올라탔다. 민기도 뒤를 따랐다.

민기가 차에 올라타면서 멋쩍은 표정으로 말했다.

"아, 안녕하세요."

야비한 표정의 남자가 민기를 보며 불편한 듯, 귀찮은 듯 내뱉었다.

"다정하게 둘이 즐기나 했더니, 일행이 있었네."

"얘는 내 동생. 얘도 즐겨야지. 당신은 내 몫이고."

여자는 민기에게 눈을 돌리고는 인사했다.

"안녕하세요. 당황했나요?"

민기의 답에는 관심도 없는지, 여자는 바로 미영을 보고는, 날카로운 말투로 내뱉었다.

"미리 연락하라니까. 금방 올 거면 시작 안 했잖아."

"여기는 언니, 지원."

남자가 끼어들었다.

"나는 강후. 동생은 이름이 뭔가?"

"미영이요. 이 친구는 민기."

지원이 차에 시동을 걸었다.

"일단 가자. 가면서 한잔하고, 도착하면 화끈하게 마시자고."

미영이 허리를 숙여 아래에 놓인 비닐봉지에서 아사히 캔맥주를 두 개 꺼냈다. 뚜껑을 따서 바로 강후에게 건넸다. 민기에게도 건넸다. 다시 비닐에서 집어 든 캔

맥주는 하이네켄이다. 미영은 바로 따서 두 사람에게 건배를 청했다.

"우리끼리 해요. 운전자는 금주."

민기와 강후, 미영은 시원하게 맥주를 들이켰다. 금방 한 캔을 비우고 다시 따서 마셨다. 두 캔까지는 기억이 나는데, 다음은 모르겠다.

2.

"맥주였네. 씨발년들이 약을 탄 거야. 너도 맥주 마시고 기억이 없지?"

강후가 소리쳤다.

기억을 더듬어봐도, 없었다. 낯설고 어두운 길을 달려가는 차에서 몽롱하게 밤하늘을 바라보는 것 같은 기억 정도. 하지만 정말 기억인지, 어디선가 보았던 풍경이 겹쳐진 것인지 잘 모르겠다.

"그렇네요."

하지만 기억하는 것도 있었다.

차가 출발하자 강후는 캔맥주를 마시면서 거의 혼자서 떠들었다. 주식과 비트코인에서 자기가 얼마나 많은 수익을 올렸는지, 큰 목소리로 자랑했다. 비트코인이 한참 폭락했을 때 자기는 초입에 팔아버렸고, 그러다 바닥에 내려갔을 때 다시 사들여 지금은 10배, 100배가 되었다고 자랑했다. 자신의 동물적인 감각 덕이라고 흐뭇하게 떠벌리며, 운전하는 지원의 팔뚝을 어루만졌다. 가끔 손이 겨드랑이로 흘러내려갔다.

민기는 강후의 자랑질을 그저 보고 있었다. 미영은 한마디도 하지 않았다. 맥주를 홀짝거리면서, 어두운 창밖으로 눈을 고정하고 있었다. 길가의 나무들이 휙휙 스쳐 갔다.

미영의 옆모습과 스치는 나무들을 함께 보다가, 어느 순간 기억이 사라졌다.

마지막으로 기억나는 것은 아름다움. 아름답다고 생각했다. 미영인가, 나무였나, 어둠인 건가. 모든 게 섞이고 뒤엉키면서 깊은 잠에 빠져들었다.

"씨발년들 어디 갔어. 야, 이 개년들아, 당장 나와."

강후의 말에 대답이라도 하듯, 철문이 드르륵 열리는 소리가 났다. 민기가 돌아봤다. 강후의 시선에서는 바로 보이는 철문이다.

지원이 씩씩한 걸음으로 들어선다. 검은 바탕에 황금색 선이 세 개 그려진 아디다스 추리닝을 위아래로 입었다. 빨간 원피스를 입은 미영은 서너 걸음 뒤에서 천천히 들어온다. 고개를 숙인 미영의 손에는 커다란 철제 공구 상자가 들려 있다. 원피스처럼 빨갛고, 커다란 공구 상자. 꽤 무거울 텐데도 미영의 얼굴은 그저 건조했다. 힘들다거나 곤란하다거나 같은 표정이 하나도 없었다.

지원을 보며 강후는 바로 소리쳤다.

"이거 안 풀어? 씨발년들아, 죽여버린다. 어디 개좆 같은 년들이 지랄을 하고 있어."

민기의 옆을 지나는 지원의 얼굴에는 미소가 번지고 있었다.

"아직 활기차네. 아주 좋아."

"당장 풀어라. 지금은 봐주지만, 더 지랄하면 바로 죽여버린다."

지원은 강후의 앞으로 다가가서, 눈을 마주쳤다.

"어리둥절하지? 이게 뭐 하는 건가 싶지?"

"작작 해라. 안 그러면 너, 정말 죽여버린다."

"지루해. 기껏 한다는 말이 죽여버린다, 뿐이야? 물어볼 것도 많고, 할 말도 많을 텐데, 대가리에 든 건 생존 본능뿐인가? 그럼 너무 심심한데."

민기는 아무 말도 하지 않고, 지원과 강후를 바라봤다. 낯설었다. 지원은 너무나 태연했다.

지원은 구석에 놓인 철제 의자를 들고, 강후의 옆에 놓고 앉았다.

강후가 침을 퉤 뱉었다. 지원이 슬쩍 피했다.

"아, 남자 놈들이 하는 짓은 똑같다니까. 지저분해. 내가 네 앞에 앉지 않은 이유가 이거야. 묶어놓으면 기껏 하는 게 침 뱉기더라니까."

강후는 한 번 더 침을 뱉으려 했지만, 입이 말라 있었다.

"간단하게 네가 할 일을 말해줄게."

지원은 자신의 상의 주머니에서 강후의 핸드폰을 꺼냈다.

"충전은 다 했어. 꽉 채웠지. 지금부터 할 일이 많거든. 네가 잠든 사이에 지문 잠금을 풀어봤지. 살펴보니 여기에 다 있더군. 은행도, 주식도, 비트코인도."

강후의 얼굴이 붉으락푸르락했다.

"하루 정도는 생각할 시간을 줄 수 있어. 위협 좀 받는다고 다 털어놓으면 쪽팔리기는 하지. 알아. 남자 새끼가 자존심이 있지. 그래도 버티는 척은 해야지. 가오도 잡고, 뻥도 좀 치고."

강후는 터져 나오는 욕을 참으며 생각했다.

'이년들 뭐지? 협박해서 돈 빼가려는 거 맞지. 아이, 씨발, 병신같이 정신은 잃어서. 씨발, 묶인 것만 풀면, 이 씨발년들 당장 죽여버릴 텐데. 아, 씨발. 어쩌지?'

아무리 생각해도, 강후가 선택할 수 있는 방법이 없었다. 손과 발은 다 묶였고, 아무리 뒤흔들어도 꼼짝도 하지 않았다.

'타협을 해야 하나? 일단 천만 원 정도 주고, 풀어주면 더 주겠다고 하면 동의할까? 씨발, 모르겠다. 어쩌지?'

강후가 머리를 굴리느라 여념이 없을 때, 민기가 말문을 열었다.

"저, 돈을 주면 풀어주실 건가요?"

지원은 가소롭다는 표정으로 민기를 봤다.

"야, 너 돈 없잖아. 네 핸드폰도 다 뒤져봤어. 안면인식이라 잠든 얼굴 눈까지 벌려가며 봤는데, 잔고는 다 모아봐야 기껏 2백이던데? 주식도 안 하고, 이 새끼처럼 코인도 없고, 심플하더라고. 그러니까, 너는 닥치고 있자. 일단 이 새끼한테 증여 좀 받고 난 다음에, 너는 생각해볼게. 얘가 잘 주면, 너는 그냥 풀어줄지도 모르지."

"아, 씨발 무슨 헛소리야." 강후가 끼어들었다.

"내가 왜 저 새끼를 책임져?"

"작작 좀 해라. 옷깃만 스쳐도 인연인데, 발가벗고 이렇게 둘이 마주 보고 있는 것만으로도 이미 형제 같은 사이 아냐? 아니면 서로 좆이라도 좀 빨아줘야 가까워지려나?"

지원은 깔깔거리며 웃어제꼈다.

말문이 막혔는지, 강후는 숨을 몰아쉬며 지원을 노려봤다.

"일단 코인부터 하자."

지원이 핸드폰 화면을 열어 강후의 얼굴에 들이밀었다. 강후는 고개를 돌렸다. 지원이 강후의 머리카락을 움켜쥐고, 핸드폰을 얼굴에 들이댔다. 하지만 강후는 여전히 고개를 돌리며 온 힘을 다해 외면했다.

"이래 봤자 너만 손해야. 시간이 지나면 너한테 유리할까? 그 시간 동안 무슨 일이 벌어질까?"

지원이 핸드폰을 바닥에 내려놓고, 공구 상자를 강후의 앞에 가지고 왔다.

천천히 공구 상자를 열었다. 시커먼 망치, 뭉툭한 니퍼, 뾰족한 송곳, 대못 등을 하나씩 꺼내기 시작했다.

지원은 강후의 앞에 공구들을 늘어놓았다. 천천히 손가락으로 공구를 훑었다.

지원은 망치를 들었다. 지원의 손은 작았지만, 공중에 망치를 휘두르는 자세는 아주 익숙해 보였다.

"시골에 산다는 게 어떤 건지 알아? 도시에만 있으면 몰라. 내가 여기로 이사 온 건 중학교 때야. 갑자기 엄마가 돌아가시고 아빠하고 단둘이 왔어. 금방 더 들어온 년들이 있기는 한데, 그건 네가 알 바 아니고."

지원은 망치를 공중에 휙, 휙 좌우로 휘둘렀다.

"겨울에 엄청나게 춥더라고. 저 호수가, 보기는 좋은데 겨울엔 지랄 같아. 싸늘한 한기가 호수 바닥에서 올라오는 것 같아. 아빠가 어디론가 사라지고 나면, 가끔 난로에 불이 사그라들 때가 있었어. 그때마다 집 주변에서, 호수 근처를 뒤지며 나뭇가지나 뭔가를 긁어 와야 했어. 작은 도끼 하나 가지고 가서 마구 휘두르면서."

지원이 망치로 허공을 가르는 모습을, 민기는 멍하니 쳐다봤다.

"도끼날이 나무에 퍽 박히는 감촉 알아? 쑥 하고 뭔가를 파고드는 짜릿함이 있어. 손맛이 느껴져."

지원이 좌우로 휘두르던 망치가 갑자기 휙 방향을 바꾸며 앞으로 향해, 강후의 왼쪽 어깨에 떨어졌다.

퍽!

"아아아악!!!!"

강후의 날선 비명이 지하실을 가득 채웠다.

"으으윽."

강후의 얼굴이 일그러졌고, 눈에는 눈물이 고였다. 입술이 부르르 떨렸다.

지원이 휘두른 망치는 왼쪽 쇄골 조금 위를 직격했다. 민기가 보기에는 쇄골이 부러진 것 같았다. 강후의 두 발이 마구 떨리고 있었다.

지원은 망치를 들어 올리고 무표정하게 강후를 쳐다봤다.

"나는 찌르는 것보다 부수는 게 좋아. 피도 잘 안 튀고, 안에서 퍼렇게 부어오르는 살은 참 아름다워."

"미친년이……."

강후는 부들부들 떨고 있었다.

고통이 너무 심해서일까, 지원에 대한 분노 때문일까. 아무래도 후자 아닐까, 민기는 생각했다. 여자에게 꼼짝도 못 하면서 맞고 있는 상황에 진저리 치는 것이 아닐까.

생각에 잠긴 민기는 문득 옆을 돌아봤다. 미영이 민기의 옆에 바짝 붙어 서 있었다. 눈은 지원을 향하고 있다. 미영의 손은 민기의 뒷머리를 부드럽게 쓸어내리며, 어깨를 짚었다. 손이 멈췄다.

'뭐지?'

민기의 눈이 미영에게 향했지만, 미영은 민기를 보지도 않았다. 그저 손만 민기의 어깨를 짚고 가만히 지원의 행동을 보고 있었다.

"아직 상황 파악이 안 돼?"

지원은 얄밉게도 환한 미소를 띠고 있었다.

"네 코인 계좌에 있는 돈을 우리에게 보태주면 끝나는 거야. 주식하고 예금도 좀. 보니까 여기에만 수억이 넘게 있던데, 한 절반 정도 우리에게 주면, 살려는 줄게. 안 주면, 그냥 너는 여기에 몸도 마음도, 영혼까지 갇혀 있겠지. 수십억이 있으면 뭐 하냐. 억울하게 의자에 묶여 죽으면 그냥 개죽음인데."

강후의 얼굴에 복잡한 표정이 오락가락했다.

'안 알려주면 죽을 게 뻔해. 하지만 돈을 준다고 이것들이 나를 살려줄까. 얼굴도 알고, 번호판은 안 봤지만 차도 안다. 지프 랭글러. 이런 차 몰고 다니는 년들이 한국에 몇이나 있을까.'

"알아. 안다고."

지원이, 강후의 턱을 망치로 들어 올렸다.

"돈 주면 입 싹 씻고 죽여버릴 것 같지? 그것도 맞아. 네가 살아서 나가면 분명히 신고할 거고, 신고하면 단서들이 꽤 있으니까. 네가 의리 있는 놈도 아니니까 그냥 넘어갈 리도 없고."

지원이 민기를 쳐다봤다. 미영의 손이 민기의 어깨에서 천천히 내려왔다.

"근데 말이지. 확률 싸움이야. 보통 CCTV는 한 달 정도면 다 지워져. 만약 네가 한 달 뒤에 신고하면 영상 증거는 거의 없는 거지. 네가 아는 우리 이름은 가짜고, 차도 빌린 거야. 그거 랭글러인 것 같지? 지프는 맞는데, 다 튜닝한 거야. 그것도 어떤 미친놈이 혼자서. 그러니까 간단히 말하면, 네가 한 달만 참으면 우리가 잡힐 가능성은 아주 희박해지는 거지. 그래서 우리는 너를, 한 달간 붙잡아둘 거야. 돈을 준다면. 안 주겠다고 하면, 그냥 바로 내일이나 모레 죽이고 다음 새끼를 찾아야지."

지원은 윗옷 주머니에서 담배를 꺼냈다. 입에 물고, 라이터로 불을 붙였다.

"한 대 줄까?"

"그, 그럼 약속은 지킬 건가? 한 달만 여기 있다 나가면 되는 거."

"물론이지. 그동안 네가 문자로 가족들만 안심시키면 돼. 어디 짱 박혀서 도박이나 마약이나 뭐 한다고 안 나타날 거라고 말하면 되지. 통화도 가능하고. 우리가 지켜보다 딴소리하면 바로 이 망치가 네 이빨들 다 작살낼 거고."

강후의 얼굴에는 곤혹스러운 표정이 가득했다.

머리를 굴리는 강후를 보며, 민기는 한심하다고 생각했다.

'이 상황에서 살려줄 거라고 믿는 게 바보 아냐? 돈 받으면 당연히 죽이지, 왜 위험부담을 지겠어. 하여튼 저 새끼도 돈만 많지 병신이네. 부모 잘 만나 돈 왕창 쓰고 다니는 병신.'

강후는 몸을 뒤흔들며 발악하고는 소리를 질렀다.

"널 뭘로 믿냐. 이 씨발년아. 안 줘, 못 줘!"

"안 믿으면 어쩔 건데."

지원의 목소리는 담담했다.

"여기는 아주 외진 곳이야. 주변에 아무도 없어. 지하실에서 무슨 짓을 해도, 아무도 모르지. 네가 저항하면, 네 몸이 조금씩 망가질 거야. 발가락부터 손가락, 열 개, 스무 개가 다 망가지고 헤집어지면, 다음은 무릎이야. 아니다. 아킬레스건을 먼저 할까? 네 심장에서, 뇌에서 먼 곳부터 하나씩 모두 부숴줄게."

강후의 눈이 공포에 사로잡혔다. 검은 어둠이 밀려들었다.

'일단 믿을까. 아니 믿어야 하나.'

민기는 일그러져가는 강후의 얼굴을 뚫어져라 바라보고 있었다.

'저게 돈을 준다면, 나는 바로 죽는 거 아닐까?'

미영의 손이 다시 민기의 머리를 쓰다듬었다. 아무 말도 하지 않고, 손만 천천히 움직였다.

지원은 강후를 보며 웃는다.

"머리 아프지? 네가 이런 난처한 상황을 겪은 적이 있겠냐. 애비가 돈 많아서 자식새끼라고 펑펑 쓰고 다니고, 사고 치면 돈으로 무마하고, 여자애들 명품 백 안 겨주면 다들 알아서 다리 벌릴 거고. 다들 네 돈지랄에 오락가락했을 텐데."

지원은 무릎을 숙이고, 공구통을 뒤지기 시작했다. 기다란 송곳을 꺼냈다.

강후의 허벅지 위에서, 송곳을 든 지원의 손이 이리저리 움직였다. 그리고 멈췄다.

민기는 눈을 감았다. 귀도 막고 싶었지만, 의자에 묶인 손은 꼼짝도 하지 않았다.

"으아아아악……."

강후의 비명이 지하실을 가득 채웠다.

3.

한적한 호숫가.

모던한 디자인의 이층집은 노출 콘크리트로 마감되어 거칠고 차가운 느낌이다. 2층 베란다에서는 호수가 훤히 내려다보였다. 캠핑 의자 4개가 줄지어 놓여 있고, 그중 하나에 지원이 몸을 축 가라앉힌 채 앉아 있다. 손에는 와인 잔이 들려 있다.

햇빛이 조금씩 사그라들고 있었다. 그래도 석양이 내리기에는 시간이 남았다.

지원의 입으로 빨간 와인이 흘러들어갔다.

탁!

베란다 출입문이 닫히는 소리와 함께 미영이 베란다에 들어섰다. 빨간 원피스가 도드라졌다.

미영은 지원 옆의 빈 의자에 강후의 핸드폰을 던졌

다. 피가 군데군데 묻어 있다.

"일단 코인은 다 옮겼어. 주식도 많이 처분했고."

"그 자식 아직도 질질 짜고 있냐?"

"이제 고분고분해. 약 좀 발라주고 왔어."

"어차피 죽을 새끼. 그래, 마음이라도 좀 놓고 있어야 편하지."

"10억을 주겠대. 아니 20억. 살려만 주면."

"지랄하네."

"돈 받고 외국 나가면 되지 않냐고, 주절주절하더라고."

"네덜란드나 갈까?"

지원이 심드렁하게 말했다.

"거기 가면 마약도 맘대로 할 수 있다던데."

미영은 아무 말도 하지 않았다.

비어 있는 캠핑 의자에 앉았다. 지원과 가장 먼 거리에 있는 의자. 그리고 호수를 바라봤다. 지는 햇살이 호수 위를 스치며 반짝거렸다. 미영은 아무 말 없이, 호수를 바라보고 있었다.

지원은 담배를 입에 물고, 귀찮다는 듯 내뱉었다.

"이번에 꽤 했으니, 한동안 쉬자. 남자 새끼들 꼬셔서 데리고 오는 것도 피곤하다."

미영이, 지원의 얼굴을 물끄러미 쳐다본다.

"쟤는 어쩔까?"

"해봤자 뭐 하냐. 통장에 돈도 없는 새낀데. 네가 맨날 주워 오는 거지새끼들."

"내가 알아서 할게."

미영은, 손등에 묻은 핏자국을 물휴지로 닦아냈다.

그런 미영을 바라보며 지원은 와인을 한 모금 마셨다. 목으로 넘어가는 와인이 시큼했다.

지원이 미영을 처음 만난 건, 중학교 3학년 때였다.

교통사고로 엄마가 죽은 후, 두 달이 지나자 아빠는 이사를 가자고 했다. 아무런 연고도 없던 강원도 영창호 주변이었다. 호숫가에 덩그러니 있는 이층집 근처에는 아무것도 없었다. 학교는 차로 20분을 가야 했다. 아침마다 아빠가 태워다줬다. 술을 마시고 취한 날은 걸어서 갔다. 결석해도 상관없었지만, 취해서 잠든 아빠를 보는 것이 싫어서 1시간 넘게 걸어 학교에 갔다. 어울리는 애들은 다들 마을의 문제아였다.

이사 한 달 만에, 아빠는 여자를 데리고 왔다. 아이도 있었다. 아이가 아니었다. 미영은 지원과 같은 나이였다. 앞으로 함께 살 거니까 엄마라고 부르라고 했지만, 지원은 언제나 아줌마라고 불렀다. 미영은 지원과 같은 학교에 다녔다. 하지만 아는 척하지 않았다. 아빠가 지원과 미영을 함께 태우고 학교에 가면, 지원은 늘 두 블록 전에 내려 걸어갔다.

의심했다. 아빠한테 슬쩍 물어봤다.

"아줌마하고 언제 만났어?"

"한 3년 됐나? 아니 5년인가?"

거짓말이다. 아빠하고 아줌마가 집에서 술을 마시다가, 어릴 때 이야기를 했다. 두 사람은 마을의 한 집에 실수로 불을 낸 이야기를 했다. 고등학교 때, 아빠가 뭔가를 훔치러 들어갔다가 너무 어두워 라이터를 켰는데 벽지에 불이 붙어버렸다는 것이다.

아줌마는 씁쓸한 표정으로 읊조렸다.

"그때 그, 진희, 였지. 화상 때문에 한 달도 못 버텼어."

아빠는 답하지 않았고, 술만 벌컥 들이켰다.

아빠와 아줌마는 집에서 술 마시는 날이 늘었고, 지

원과 미영이 고등학교 2학년이 되고 나서 얼마 뒤부터 일도 나가지 않았다. 아빠가 뭐 하는 사람인지 잘 몰랐다. 여기저기 건물 짓는 일을 하고 다닌 정도만 알았다. 그냥 노가다인가, 목수나 미장이인가. 무엇이건 뚝딱 만들어내는 건 잘했다.

지방에서 한 달 정도 일을 한다며 나갔던 아빠는, 음울한 표정으로 보름 만에 돌아왔다. 겁에 질린 것 같기도 하고, 그저 화가 난 표정 같기도 했다. 그날부터 아빠는 일을 나가지 않았다.

술에 취해 아줌마와 싸우는 날이 많아졌다. 간밤에 짐승 같은 소리를 지르며 뭔가를 호수에 집어 던지기도 했다. 어차피 주변에 소음을 싫어할 사람은 아무도 없었다. 숲에 사는 동물이나 호수에 사는 물귀신이라면 모를까.

아빠는 지하실에 틀어박혀 뭔가를 만들기 시작했다. 커다란 화덕 같기도 하고, 보일러실 같기도 했다. 지원은 가끔 지하실 계단으로 내려가서 아빠가 일하는 모습을 보고는 했다. 웃통을 벗어 던지고 땀을 뻘뻘 흘리며 아빠는 뭔지도 모를 그것을 만들고 있었다. 일주일

간 밥도 제대로 먹지 않고, 잠도 거의 자지 않고.

"아빠, 지하실에 그게 뭐야?"

아빠가 지원을 보는 표정이 멍했다. 불투명했다. 눈동자 뒤에 막 같은 게 드리운 기분이 들었다.

"일을 해야지. 일에 필요한 거야."

거짓말 같지는 않았다.

'일이겠지. 대체 무슨 일일까.'

지하실에 뭔가를 다 만든 후, 아빠는 아줌마와 함께 차를 몰고 나가는 밤이 많아졌다. 그러다 누군가를 데리고 왔다. 남자 하나일 때도 있고, 남녀일 때도 있었다. 데리고 온 사람들과 밤새 술을 마셨다.

그들의 소음이 지겨워지면, 나는 이어폰을 끼고 밤새 게임을 하거나 잠들어버렸다. 아침에 1층으로 내려오면, 거실은 난장판이었다.

"씨발."

거들떠보지도 않고 밖으로 나와버렸다. 학교에 가지 않고, 호숫가 주변을 맴돌거나 버스를 타고 가까운 도시로 가서 쏘다녔다.

낯선 곳을 방황하다 돌아오면, 집은 깨끗하게 치워져

있었다. 어제의 흔적은 아무것도 남지 않았다. 한두 번은 아빠에게 물어봤다.

"어제 그 사람들은?"

"아침에 다들 갔어."

대화는 늘 같았지만 이상했다. 나가면서 슬쩍 본 난장판에는 낯선 옷과 신발이 남아 있었다. 아빠와 아줌마는 2층 침실에서 잠들었지만, 그들은 어디로 간 것일까. 흔적을 남겨두고.

아빠는 일을 나가지 않았지만, 돈 씀씀이는 오히려 헤퍼졌다. 가끔 지원과 미영을 데리고 도시로 나가 아디다스와 나이키를 사주고, 비싼 식당에 가서 고기를 먹었다. 가끔 주는 용돈도 늘어났다.

아빠가 활기찬 것에 비해 아줌마는 점점 말라 비틀어졌다. 지원에게 아줌마의 변화는 너무나 극적이었고, 이해할 수 없었다. 미영을 데리고 처음 지원을 봤을 때도, 아줌마는 아무 거리낌이 없었다. 어제까지 옆집에 살았던 사람처럼 지원에게 인사를 하고, 커다란 여행 캐리어 하나를 가지고 들어와 아빠와 한방을 썼다.

지원은 아줌마가 쌍년, 이라고 생각했고, 1년이 지나

도 생각은 변하지 않았다.

그래도 이런 상황을 원한 것은 아니었다. 아줌마는 말이 적어지고, 얼굴에는 어둠이 내려앉았다. 행동도 느려졌다. 아빠는 아줌마의 변화에 대해, 아무런 반응도 하지 않았다.

미영은, 아무 말도 하지 않고 언제나 방에 틀어박혀 있었다.

'로맨스소설이나 처읽고 있겠지.'

지원과 미영은 같은 학교를 다니면서도, 아는 척하지 않았다. 일진들과 어울려 다니던 지원은 가끔 미영을 엉뚱한 곳에서 만나곤 했다. 일진 하나가 미영을 괴롭히고 있었다. 못 본 척했다. 아는 척하지 않았다. 그냥 피해버렸다. 다 귀찮았다.

미영이 아줌마와 함께 집에 들어온 후, 지원은 섬이 되었다. 떠돌아다니기만 했다. 그러다가 결국 집에서도 떠나야 하는 때가 왔다.

4.
민기는 너덜너덜해진 강후를 뚫어져라 보고 있었다.

망치에 맞은 왼쪽 어깨는 무너져 내렸고, 송곳에 몇 번이나 찔린 허벅지에서는 피가 흘러내려 바닥으로 뚝뚝 떨어졌고, 뭉개진 발가락과 손가락들은 처참했다.

  2시간 전.
  지원은 즐거운 표정으로, 강후의 육체를 하나씩 부수고 있었다.
  발가락을 망치로 내려찍고, 손가락은 니퍼로 잡아 뜯었다. 송곳으로 천천히 허벅지를 뚫어 내리면, 강후는 발악을 하며 몸을 뒤흔들었다.
  민기는 보는 것만으로도 탈진했다. 나라면 일찌감치 다 알려주고 끝냈을 거라고 민기는 생각했다. 결국 강후는 발가락 2개, 손가락 4개가 남은 상황에서 항복했다.
  "다 줄게, 다 가져가, 이 씨발년들아……."
  그 말을 들은 지원은 미소를 띠며 문을 열고 나가 사라졌다.
  미영이 강후의 앞에 의자를 놓고 앉았다. 핸드폰을 강후의 눈앞에 들이밀고는 말했다.

"시작하자."

미영과 강후는 1시간 가까이, 핸드폰으로 해야 할 일을 했다.

'얼마나 많은 돈이 넘어간 걸까? 내가 10년을 벌어도 불가능한 돈이겠지?'

민기는 이상한 생각으로 하염없이 뻗어나갔다.

'나도 이 여자들하고 같이 있으면 어떻게 될까? 인디 밴드 해봐야 맨날 찌질하게 살 텐데…….'

미영이 소독약을 강후의 몸 이곳저곳에 뿌렸다.

'치료하려는 걸까? 그냥 시늉만 하는 걸까?'

민기는 미영의 부질없는 행동을 멍하니 바라봤다.

모든 일을 마친 미영은, 민기를 잠깐 묘한 눈빛으로 쳐다보고는 나가버렸다. 강후의 나지막한 신음만이 음산한 지하실에 흐르고 있었다.

미영이 나가버리자 긴장이 풀렸는지, 민기도 잠깐 잠이 들었다.

얼마나 잤을까. 깨어난 민기의 귀에 강후의 신음은 거의 들리지 않았다.

'죽지는 않았겠지? 아니, 지금은 살아도 문제이긴 하

지. 어차피 살아서 돌아가기는 글렀는데.'

목이 타들어갔다. 하루 종일 물을 마시지 못했고, 고문받는 강후를 보며 민기는 한바탕 땀을 흘렸다. 민기가 할 수 있는 일이라곤, 바라보는 것뿐이었다. 무기력했다.

뒤에서 인기척이 들렸다.

고개를 돌리니, 미영이 들어오는 모습이 보인다. 아까와 같은, 빨간 원피스다.

미영은 사뿐한 걸음으로 걸어와 민기의 옆에 섰다. 민기가 고개를 들어 본 미영의 눈은 어딘가 슬퍼 보였다. 미영은 오른손을 들어, 민기의 얼굴을 어루만졌다. 미영은 민기에게 얼굴을 가까이했다. 그리고 속삭였다.

"도망쳐요. 지금 풀어줄게요."

"네?"

전혀 예상 못 한 미영의 말에 민기의 머릿속은 복잡해졌다.

'나를 풀어준다고? 정말일까? 그럴 리 없을 텐데.'

"쟤는 당신도 죽이려 할 텐데, 어차피 당신은 필요 없어요. 내가 길을 알려줄게요."

미영은 왼손에 쥐고 있던 칼로 민기의 손을 의자에 묶었던 덕트테이프를 잘라냈다. 발목에 묶인 테이프도 끊었다. 이제 민기를 구속하는 것은 없다.

민기는 비틀거리며 일어섰다. 미영이 민기를 부축했다. 미영과 민기는 함께 문으로 향했다. 마지막으로 민기는 강후를 돌아봤다. 강후의 눈꺼풀이 조금 움직인 것도 같았다. 어쩔 수 없다.

미영이 문을 열었고, 민기는 계단을 천천히 올라갔다.

현관문을 열고 나왔다. 밖은 이미 어두워져 있었다. 아직 하루도 채 지나지 않았다. 차가운 바람이 팬티만 입은 민기의 몸을 휙 감고 돌았다. 순간 오싹했다.

미영이 민기의 손을 잡고, 집 뒤로 돌아갔다. 집 뒤편으로는 너른 숲이 펼쳐져 있었다. 작은 뒷산으로 이어진 길이 보인다.

"이 길로 쭉 가요. 작은 산 하나를 넘으면 도망갈 수 있어요. 저 달이 떠 있는 쪽으로 방향을 잡고 가요. 1시간 좀 넘게 뛰어가면 할 수 있어요."

"같이 안 가요?"

민기는 불안했다. 잔뜩 지친 몸으로 얕긴 해도 산을

넘을 수 있을까 두렵기도 했지만, 나를 보내고 나면 미영은 과연 괜찮을까.

"같이 가요."

하지만 미영은 민기를 가만히 바라보고만 있었다.

"가요. 다시 만날 수 있어요."

민기는 미영의 손을 잡고 약하게 끌었다.

하지만 미영은 민기의 손을 떼어내고는 가슴을 살짝 밀었다. 민기는 돌아섰다. 그리고 뛰었다. 뛰면 살 수 있다. 뭔가 남기고 가는 기분이었지만, 살 수 있는 길이 이것뿐임은 직감했다.

'살아야지, 일단 살아야 뭐든 할 수 있어.'

서서히 산을 오르는 경사가 시작되자, 민기의 발걸음은 느려졌다. 어두워서 주변이 잘 보이지도 않았다. 이게 길인지 아닌지도 분간이 쉽지 않았다.

숲을 헤치고 나가면서 민기의 허벅지, 종아리, 배와 등에 무수히 많은 상처가 생겼다. 깊은 상처에서는 피가 흐르기 시작했다. 밝은 낮이었다면 민기는 미친놈으로 보였을 것이다. 팬티 차림에, 가슴 아래는 온통 상처와 피범벅이다.

민기는 지쳤다. 당장이라도 포기하고 땅바닥에 누워 쉬고 싶었다. 하지만 가야 했다. 가지 않으면 죽는다.

민기는 꿀꺽 침을 삼키고, 다시 한 걸음을 내디뎠다. 머리 위로 보름달이 휘영청 떠 있다.

지원은 2층 침실 창밖을 내려다보고 있었다. 왼손에는 레드 와인이 절반쯤 든 와인 잔을 들고 있다. 어스름한 달빛 아래로, 미영과 민기의 모습이 보인다. 미영이 남자의 가슴을 밀자, 남자는 조금 망설이는 듯하다가 숲으로 달려갔다.

미영은 잠시 민기의 뒷모습을 바라보다가 돌아섰다.

"민기라고 했나?"

지원은 혼자 중얼거렸다.

미영이 1층 현관문을 열고 들어오는 소리가 들렸다. 계단을 내려가는 소리가 희미하게 났다. 지원은 남은 와인을 한꺼번에 다 들이마셨다. 그리고 침대에 누웠다.

침대 옆 협탁 서랍에서 안대와 귀마개를 꺼냈다. 귀마개를 공들여 귀에 끼우고, 안대를 눈에 씌웠다. 지원은 꿈에서라도 아무것도, 무엇도 보고 듣고 싶지 않았다. 밤새 완벽한 어둠과 적막으로 가득하기를 원했다.

 험한 꿈이라도 꾸었을까. 지원은 소스라치게 놀라며 벌떡 일어났다. 아무 소리도 들리지 않았다. 아무도 없는 걸까.

 핸드폰을 들어 시간을 확인했다. 10시 반. 미영은 학교를 갔을 테고, 아빠와 아줌마는 어디에 있을까.

 어지럽게 벗어놓은 추리닝을 걸쳐 입고 아래층으로 내려왔다.

 어제 벌어진 술판의 흔적이 그대로 남아 있었다. 또 누굴 데려왔을까.

 새벽 1시 정도였다. 아빠 차가 집으로 들어오는 불빛을 보고는, 바로 침대에 뛰어들었다. 어딘가에서 데리고 온 누군가와 밤새 술을 마실 테고, 한낮이 될 때까지 늘어지게 자겠지.

 하지만, 언제나 의문이 있었다. 심야에 데리고 온 그들은 왜 아침 일찍 사라지는 것일까. 차 없이 오기에는 너무 외진 곳인데, 이른 시간에 왜 나가버린 걸까. 아빠가 취한 상태로 태워다줄 리는 없다고 생각했다.

하지만 의문이 아니다. 그럴 리 없음을, 사실 지원도 알고 있다. 그들은 아무 데도 가지 않았다. 처음 이 집으로 온 그들은, 다시 떠나지 못했을 것이다. 아마도 지하실 어딘가에 있지 않을까.

절대로 확인할 수 없다. 하지 않았다. 진실을 아는 순간, 내가 어떻게 할지 너무나도 두려웠다. 언젠가는 알게 되겠지만, 최대한 미루고 싶었다.

'오늘이야.'

지원은 직감했다.

'확인해야 해. 더 이상 피할 수 없어.'

지원은 지하실로 내려가는 계단을 한 걸음씩, 아주 조용하게 내려갔다.

계단을 다 내려가자, 커다란 문이 있었다. 옆으로 밀어야 하는 문의 손잡이를 잡았다. 조금씩, 아주 조금씩 밀기 시작했다.

다행히 아무 소리도 나지 않고, 문이 열리기 시작했다. 지원은 조금 열린 문틈으로 안을 들여다봤다. 멀리 커다란 화덕인지, 가마인지, 보일러인지가 보였다. 웃통을 벗은 아빠가 뭔가 작업을 하고 있었다. 불이 활활

타오르고 있다. 아빠는 바닥에서 뻘건 뭔가를 들어 불길 속으로 던져 넣었다.

지원은 한 손으로 입을 틀어막았다.

남자의 팔뚝이었다. 시커먼 털이 가득한 남자의 팔뚝이 잘려 불길에 던져졌다.

아빠는 아무 고민이나 갈등 없이 누군가의 살덩이를 불태우고 있었다. 아빠의 얼굴은 지극히 평온해 보였다. 지원의 눈에서 눈물이 뚝, 한 방울 떨어졌다.

눈물 때문일까. 아빠의 모습이 일그러지며 몇 겹으로 보였다. 여러 층의 다른 무엇인가가 겹쳐 있다.

순간, 지원은 한 걸음 물러섰다. 아빠의 얼굴에 다른 무엇인가, 끔찍한 무엇인가가 있었다.

'악마? 요괴? 괴물?'

까맣게 물든 다른 얼굴. 시뻘건 눈으로 불길을 바라보는 그건, 분명 아빠가 아니다. 아니 아빠지만, 다른 존재다.

지원은 천천히 뒷걸음질을 치고, 계단을 조용히 다시 올라갔다. 방으로 돌아가 백팩에 옷가지를 쑤셔 넣고, 아빠 장으로 가서 뒤지기 시작했다. 지갑의 돈을 빼내고, 누구의 것인지 모를 금목걸이와 반지 등을 챙겼다. 그리고 집을 나와 뛰기 시작했다. 다시는 돌아오지 않을 것이라고, 결심했다.

가출해서 1년 반 정도 버텼을까. 가출 팸에 들어가 지랄 맞은 날을 보내다가, 노래방 알바를 하며 겨우 독립했다. 다 쓸어버리고 도망치고 싶은 나날들이었다. 지독하게 모든 게 싫었다.

그러던 날들 사이에 미영의 문자를 받았다. '아빠 사망. 돌아와.'

돌아온 집에는 아빠도, 아줌마도 없었다. 지원은 아빠가 어떻게 죽었는지 묻지 않았다. 아줌마는 어디 갔는지도 묻지 않았다. 아빠 명의로 되어 있는 집을, 지원과 미영이 상속받았다.

미영에게는 이 집이 필요했던 것일까. 호숫가의 집. 휑한 지하실과 커다란 화장로가 있는 곳.

1년 반 만에 다시 만난 미영은 변해 있었다. 이전에는 음침하고 우울한 계집애였는데, 어두운 건 변함없지만 단단해졌다. 그리고 단호해졌다. 평소에는 지원의 말을 따르지만, 결정적인 순간에는 늘 지원이 미영의 결정을 따랐다. 미영이 원하는 방향으로 지원은 가야만 했다. 왜, 인지는 아직도 모른다. 따르지 않으면 무슨 일이 생길지 두려웠다. 적어도 지원은, 아빠처럼 화장로에 사람의 살덩이를 집어 던지는 일은 하고 싶지 않았다.

다른 건 다 해도 좋으니, 아빠의 길만은 따라가고 싶지 않았다.

그렇게, 지원과 미영은 호숫가의 집에서 둘만이 살아가게 되었다.

아무 일도 하지 않으면서, 누구에게도 말할 수 없는 짓을 하면서.

5.

한계다. 무릎이 푹 꺾이며 민기는 나뒹굴었다.

내리막길이 더 힘들었다. 한참을 달려 올라갈 때는 심장이 터져버릴 것처럼 쿵쾅거렸는데, 산을 내려갈 때는 다리가 내 것이 아니었다. 후들대다 나뒹굴기가 몇 번인지 기억도 나지 않는다. 그래도 민기는 매번 다시 일어났다. 조금만 더 가면 내려갈 수 있다고, 믿고 싶었다.

하지만 한계다.

다시 한번 나뒹군 민기는, 엎드린 채로 고개를 들었다.

"하, 하악……."

가물가물해지는 시야 끝에 하얀 달이 보였다. 아름답게, 환하게 빛나고 있다.

민기는 넋을 잃고 바라보다가 깨달았다. 누워 있는 게 아니라, 엎드려 있으면 달을 볼 수 없다는 것을. 벌떡 상체를 일으켰다.

멀리 보이는 불빛이 일렁였다.

"살았다."

민기는 무거운 몸을 겨우 일으키고 허청허청 걸어갔다. 내리막길도 끝났다. 이제는 평평한 길이다. 드디어 살았다는 생각으로 민기는 헛웃음이 나왔다.

"해냈어. 도망쳤어."

불빛을 향해 가던 민기는 갑자기 멈춰 섰다. 숲이 끝나는 지점에 밝은 랜턴이 놓여 있다. 그 옆에 한 여자가 서 있다. 빨간 원피스. 뒤돌아 서 있는 여자의 얼굴은 보이지 않았다.

'설마, 미영?'

민기의 발걸음이 빨라지기 시작했다. 입에서 격한 숨이 토해져 나왔다.

'나를 기다린 걸까?'

걸음이 꼬일 것 같았지만 민기는 겨우 마음과 발을 다잡으며 미영의 앞으로 다가섰다. 미영이 슬쩍 얼굴을 옆으로 돌렸다. 얼굴에 미소가 담긴 것 같았다.

민기는 미영을 안았다.

"기다린 거죠?"

미영은 아무 말도 하지 않았다.

"왔어요. 산을 넘었어요. 이제 같이 가요."

미영은 민기의 몸을 살짝 떨어뜨리며, 마치 어머니와 같은 다정한 얼굴로 민기를 바라봤다.

"잘 왔어요."

미영은 다시 민기를 안으며, 부드럽게 등을 어루만졌다. 포근하게 감싸주었다.

"이제 함께해요."

미영의 손이, 민기의 몸 이곳저곳에 난 상처들을 쓰

호숫가의 집

다듬었다. 발갛게 물들어가는 미영의 손은 섬세하고 부드러웠다. 민기는 모든 긴장이 풀린 듯 미영의 몸에 기대 숨을 깊게 내쉬고 있다.

순간, 민기의 몸이 훅 하며 뒤틀렸다.

미영의 왼손이 민기의 갈비뼈 아래로 쑤욱 파고들었다.

민기의 표정은 어리둥절했다. 아무것도 이해할 수 없는 상황. 아무것도 모르는 무지함. 미영의 얼굴 너머 깊은 어둠을 그저 바라볼 뿐이다.

'뭐지, 뭐지, 뭐지……'

민기의 몸이 축 늘어지며 미영에게 안겼다.

미영은 오른손으로 민기의 몸을 휘감고는, 입술을 맞췄다. 민기가 쿨럭하며 피를 토해내자 미영의 입 주변에 가득 피가 묻었다. 미영은 혀를 내밀어 민기의 피를 달콤하게 핥았다. 혀는 길게, 아주 길게 뻗어가며 입 주변의 모든 피를 빨아들였다.

정신을 잃은 민기의 머리가 떨궈졌다.

미영은 빨갛게 물든 왼손으로 랜턴을 집어 들고, 오른손으로 민기를 감싸안고는 돌아섰다. 천천히 걸었다.

전혀 힘들이지 않고, 우아하면서 힘찬 걸음으로 급경사 진 언덕을 올랐다.

"쿨럭."

지하실 바닥에 널브러져 있던 민기는, 기침을 하며 깨어났다. 입안에는 피가 가득했다.

"켁, 쿠쿡."

입안의 피를 내뱉으며, 민기는 지하실을 둘러봤다. 저편에서 미영이 뭔가를 화장로에 던져 넣고 있다. 무표정한 얼굴로 일상적인 청소를 하듯이. 바닥에 잘린 사람의 몸뚱이가 보인다. 아까까지 강후였던 몸이 토막이 되어 하나둘 화장로에 들어가고 있다.

마지막으로 발목을 집어 든 미영은 고개를 들어 민기를 바라봤다. 슬픈 눈이라고, 민기는 생각했다.

민기는 도망칠 힘도, 저항할 기력도 없었다. 그저 다가오는 미영의 눈을 바라보았다.

피가 눈에 흘러든 것일까. 민기의 눈에는, 미영의 모습이 초점이 나간 것처럼 흔들리면서 벌겋게 번져갔다. 홍대 공원에서 민기를 올려다보던 그 눈이 아니었다.

어제 민기가 바라본 사랑스러운 눈 뒤에 또 다른 야수의 눈이 있다. 지금 민기가 보고 있는 것은, 인간이 아닌 무언가의 눈이다.

천천히 다가온 미영은 두 손으로 민기의 얼굴을 감싸며 들어 올렸다. 민기의 상체가 들렸다.

"미안해. 잘 가."

미영은 가볍게 민기의 입에 입술을 맞췄다.

그리고 두 손에 힘을 주자, 민기의 두개골이 퍽하며 부서지는 소리가 났다. 민기의 눈과 귀, 코에서 피가 흘러나왔다. 민기의 마지막 숨결이 지하실을 잠시 맴돌았다.

6.

새벽빛이 호수를 빛내며 주변으로 흩어진다. 물안개가 서서히 걷히고 있다.

힘든 일을 하고 난 다음 날이면, 오히려 일찍 깨어난다. 마음이 파랗게 질려 있기 때문일까.

물을 끓여 커피를 내린 지원은 머그잔을 들고 현관을 나왔다. 호수가 내려다보이는 벤치에 앉아 커피를 마셨다. 고요한 새벽 아침이다.

10여 분 지났을까.

문득 옆을 보니 미영이 옆 의자에 앉아 커피를 마시고 있다. 같은 머그잔이다.

머그잔을 든 미영의 왼손 새끼손가락에 피가 점점이 묻어 있다. 이미 검게 변해버린, 피. 미영은 아무 말도 하지 않는다.

지원은, 미영의 옆얼굴을 보며 나지막하게 숨을 내쉬었다. 압박감. 그날 지하실의 아빠를 보는 순간 느꼈던, 두려움과 절망감, 거역할 수 없는 공포.

그날 아빠의 얼굴에 덧씌워진 무언가는 여전히 호숫가의 집에 남아 있다.

그렘린 시스템

홍락훈

삑! 투 플러스 원 행사입니다!

"한수야……."

정훈이 한수를 보며 말했다. 한수는 눈길을 주지 않았다. 그는 양손에 쥔 바코드스캐너와 행사 초콜릿에 집중했다.

삑! 투 플러스 원 행사입니다!

"그러니까, 한수야……."

정훈은 한수의 손을 잡았다. 초콜릿을 든 남자 점원의 손 위로 다른 손이 포개졌다. 누가 봤다면 오해할 수 있는 구도였고, 마침 날도 2월 14일이었다.

"그러니까, 이거 하나 더 가져와요. 형, 투쁠원 행사예요."

정훈의 바람은 이루어지지 않았다. 두 사람의 눈이 마주치는가 싶더니 결국 정훈이 한숨을 쉬며 물러났다. 계산대를 등지고 몇 걸음 걸어가던 정훈은 고개를 돌려 한수를 바라보았고 한수는 들고 있던 초콜릿으로 매대 쪽을 가리켰다. 정훈은 그것이 무엇을 의미하는지 알았기에 다시 매대 쪽으로 향했다.

분명히 누군가 봤다면 오해하기 좋은 장면이었다. 밸런타인데이, 초콜릿, 고백과 실연. 그러나 이건 그런 일이 아니었다. 그런 일은 이미 오래전에 지나갔다. 한때 그들이 연인이었던 시절에.

연인이었던. 과거형. 그렇다. 그들은 헤어졌다. 원인은 정훈이었다. 코인이라는 이름에 모두가 미쳐 있던 시기. 정훈도 크게 다르지 않았다. 그는 미쳐버린 세상에서 행복한 미래를 꿈꿨다. 한수와 함께하는 행복한 미래를.

그래서 그와 함께했다. 날뛰는 코인의 파도에 그의 손을 잡고 뛰어들었다. 한수의 눈빛을 바라보며 정훈은 생각했다. 하나보다 둘이 낫다고. 사랑하는 연인과 함께한다면 분명 더 좋은 결과를 얻을 수 있을 거라고.

그리고 실패했다. 계절은 봄을 향해가고 있었고, 벚꽃이 피기 전이었다. 둘은 헤어졌다.

이 사건은 한수의 가슴에 큰 상처를 남겼다. 아팠다. 너무 아팠다. 그는 아픔을 잊고 싶었다. 하지만, 정훈의 존재가 그것을 불가능하게 했다. 그는 첫사랑이었다. 달콤하고 쌉쌀한 초콜릿 같은. 그 맛이 아직도 입가에 맴돌았다. 그 맛을 다시 느끼고 싶었다. 매 순간이 욕망의 순간이었고, 그때마다 한수는 자신에게 속삭였다.

'……그럴 수 없어.'

그렇다. 그럴 수 없다. 그러면 안 된다. 그를 위해서라도. 한수는 그것이 서로를 위한 최선의 방법이라고 생각했다. 그래서 매몰차게 대했다. 대꾸는커녕 제대로 눈길 한 번 주지 않았다. 그가 자신의 손을 잡았을 때 두근대는 심장 소리에 가슴 졸였지만, 그것도 잘 넘어갔다. 그러니 잘 넘어갈 수 있을 것이다. 더 이상은 안 된다. 그럴 것이다. 그것이 그를 위한 일이다. 한수는 그렇게 다짐했다…….

"저기 한수야……."

삑! 투 플러스 원 행사입니다!

"5천2백 원입니다."

바코드스캐너에 초콜릿이 찍혔고, 한수는 손님에게 가격을 말했다. 그게 그가 할 수 있는 최선의 대답이었다. 정훈이 바라보는 게 느껴졌다. 애써 그 시선을 피했다.

"그래, 알았어……."

파지직!

그리고 한수는 정훈의 나지막한 목소리 뒤로 별이 반짝이는 걸 보았다. 잠시 어지러움이 몰려왔고, 세상 모든 게 검게 변했다.

덜컹!

둔탁한 진동과 함께 한수의 몸이 살짝 떠올랐다가 바닥에 닿았다. 아프지는 않았지만 정신을 차리기에는 충분했다. 눈앞이 흐릿했다. 마치 안개가 낀 것같이.

"으으……."

다행히 시야가 돌아오는 데는 오랜 시간이 걸리지 않았다. 좁은 공간, 어두운 조명, 눈앞으로 빠르게 지나가는 풍경들. 진동이 느껴졌다. 자동차 안이었다.

익숙한 냄새가 났다. 다이소의 2천 원짜리 방향제 냄새. 한때 그 무엇보다 가장 사랑했던 냄새. 한수는 그 냄새 속에서 생애 첫 키스를 했고, 그 순간 그는 세상 누구보다 행복했다. 정훈의 차였다.

한수는 움직이려 하였으나 온몸이 찌뿌둥했다. 마치 몸살이 난 것 같았다. 끄으응! 하는 긴 신음이 자신도 모르게 튀어나왔고, 운전석의 누군가가 그 소리에 반응했다.

"……깼어?"

정훈이었다. 유리창으로 가로등 빛이 넘어왔고, 그 빛이 정훈의 얼굴을 지나가며 그림자를 흘려보냈다. 그림자를 향해 한수가 물었다.

"형……, 어떻게 된 거예요? 이게 무슨 일이에요?"

"……어쩔 수 없었어. 이건, 원래 내 계획이 아니었어."

"형……. 그게 무슨 말이에요? 나 어떻게 된 거예요?

그렘린 시스템

분명히 편의점에 있었는데……."

 "……그러니까, 원래는 네게 인사만 하고 올 생각이었어."

 "형……. 어떻게 된 거냐고요?"

 "그런데…… 그런데…… 이야기할 기회조차 없었잖아. 젠장…… 젠장……!"

 하지만 한수의 질문에 돌아온 것은 정훈의 알 수 없는 대답뿐이었다. 아니, 그것은 대답이라기보다 맥락도 의미도 없는 단어의 행진 같았다. 정훈에게는 어땠을지 몰라도 한수가 느끼기에는 그랬다. 그는 지근거리는 머리를 붙잡고 정훈에게 다시 물었다.

 "형, 그게 도대체 무슨 이야기예요."

 그리고 그 순간, 정훈의 입에서 이어지던 무질서한 행진이 멈추었다. 짧은 침묵이 있었고, 침묵 끝에 깊은 한숨과 함께 정훈이 말했다.

 "후우……. 그러니까 한수야……."

이야기의 시작은 두 사람이 헤어진 직후로 거슬러 올라갔다. 그것은 정훈에게도 첫 실연이었고, 아픔이었다. 그는 고통을 잊고 싶었다. 그래서 도망쳤다. 현실이 아닌 곳으로. 온라인의 세계로. 그가 '그 이름'을 알게 된 것은, 도망 끝에 도착한 익명 커뮤니티에서였다.

그것은 음모론이었다. 비밀결사 단체가 이 세상을 혼란에 빠트릴 목적으로 거대한 시스템을 만들어 정치, 경제, 사회 모든 분야를 조작하고 있다는, 조잡하고 허무맹랑한, 아무도 믿지 않을 이야기.

하지만 정훈은 달랐다. 그는 그 글에서 자신의 이야기를 찾았다. 자신이 왜 실패했는지 그 이유를 찾았다. 그것은 정훈을 위한 답이었다. 그는 그것을 놓치고 싶지 않았다. 그래서 매달리게 되었다. 악착같이. 정훈의 머릿속에 그것의 이름이 강하게 새겨졌다. '그렘린 시스템'이라는 이름이.

그 후 시간은 흘렀고, 계절은 겨울이 되었다. 그는 벽에 닿았다. 더 이상 나아갈 수 없는 벽. 그 벽의 이름은 '**게임스'였다. 그가 모은 자료와 정보, 증거들이 모두 그 이름을 가리켰다. 정훈은 그 앞에 서서 오랫동안 고민했고, 봄이 오기 전에 그것을 넘어가기로 결정했다. 그는 만반의 준비를 하였고, 거사를 치를 날을 정했다. 2월 14일 저녁이었다.

거사 당일. 그는 만감이 교차했다. 어떻게 될지 모를 일이었다. 처음으로 죽음에 대해서 생각해보았다. 그리고 문득 한수가 떠올랐다. 그가 보고 싶었다. 그와 마지막으로 이야기하고 싶었다. 그래서 그가 일하는 편의점으로 찾아갔다…….

파지직!

쿵!

……한순간의 일이었고, 그는 바닥에 쓰러진 한수를 보며 당황하다 일단 차에 싣기로 했다. 시간이 없었다. 한수에게는 가면서 설명하기로 했다.

한수의 입이 벌어졌다. 닫히지 않았다. 자신이 들은 게 무슨 말인지 도무지 믿기지 않았다. 뒤통수에 묵직한 게 날아온 기분이었다. 이런 대답을 기대하고 질문한 게 아니었다.

"······아무튼 계획에 있었던 건 아니었지만. 괜찮아. 괜찮아, 한수야. 다 잘될 거야. 모든 게 잘될 거야."

잘돼? 무엇이 잘된단 말인가? 도대체 무엇이 어떻게 잘된단 말인가? 정훈의 말에 한수의 머리가 지근거리다 못해 터질 듯이 아팠다. 눈에 열이 몰려왔고, 목의 핏줄이 두근거리며 금방이라도 폭발할 것 같았다. 그리고,

"······괜찮아. 한수야. 다 잘될 거야."

정훈의 입에서 한 번 더 나온 그 말에 결국 한수는 폭발하고 말았다.

"괜찮아?! 괜찮다고요?! 지금 저를 납치한 거예요?! 형 지금 미쳤어요?! 뭐가 어쩌고 어째요?! 잘된다고요?! 뭐가요?!"

"한수야! 아니야! 그런 게 아니야! 괜찮아! 내가 설명할 수 있어!"

정훈은 당황했다. 정훈도 이런 반응을 기대한 건 아닌 듯했다. 그는 어떻게든 한수를 진정시키려 했다. 하지만 한수가 터뜨린 건 정훈이 막을 수 없는 것이었다.

그것은 오랫동안 억눌린 감정이었다. 헤어질 때조차 터뜨리지 못했던.

"설명요?! 아뇨! 설명은 내가 할게요! 형! 형 인생이 지금 이렇게 된 건, 그 잘난 음모론 때문이 아니에요! 형이 맨날 일을 벌여놓고, 문제가 터지면 도망갔기 때문이라고요! 그러면서 뭐?! 설명이요?! 정신 차려요! 형! 형이 이렇게 된 건 다 형 때문이라고요! 한 번이라도! 정말 한 번이라도 형이 잘못한 걸 바로잡아보려고 한 적이 있어요?!"

한수의 외침은 멈추지 않았다. 그는 화가 났다. 헤어지던 날이 떠올랐다. 그때 해야 했던 말이었다. 그의 외침에 정훈이 화답해줬어야 했다. 정훈은 자신의 실수를 바로잡기 위해 그의 곁에 남았어야 했다. 한수는 그러길 바랐다. 그러나 그러지 못했다. 둘 중 어느 누구도. 그래서 화가 났다.

정훈은 말이 없었다. 한수의 외침이 지나가고 난 뒤, 차 안은 고요했다. 가로등 불빛이 창문을 지나가는 간격이 길어졌고, 그 때문에 시간이 잠시 느려진 것 같았다. 한수는 차창의 불빛이 만드는 그림자 속에서 정훈이 무언가 속삭이듯 말하는 것을 들었다.

"……지금 하려고 하잖아."

무슨 의미였을까? 한수는 그것을 물어보려 하였으나 이내 이어지는 정훈의 말에 가로막혔다.

"……다 왔다."

그리고 그 말에 창 너머로 고개를 돌렸을 때, 한수는 저 멀리서 '**게임스'라고 적힌 제법 큰 건물이 서서히 다가오는 걸 볼 수 있었다.

들어가는 건 어렵지 않았다. 정훈이 미리 앱으로 아르바이트 신청을 해놓은 터였다. 신원 확인은 명부의 사진과 얼굴을 대조하는 것으로 간단히 끝났다. 확인을 마친 경비원은 "오후 청소조가 치울 건 후문 입구에 옮겨놨으니, 그쪽으로 가면 된다"고 말했다. 뒷좌석에 몸을 웅크린 한수가 고개를 들 수 있게 된 건 차량이 그곳에 도착한 뒤였다.

정훈은 한수에게 차 안에서 기다리라고 했지만, 그는 정훈과 같이 가겠다며 나섰다. 화가 풀린 건 아니었다. 그저, 그가 더 이상 복잡한 상황을 만들지 못하게 막고 싶을 뿐이었다. 적어도 자신이 옆에 있다면, 최악의 사태는 막을 수 있을 것 같았다. 그리고 한수는 그게 어떤 종류의 일일지 상상하고 싶지 않았다.

차에서 내린 정훈은 청소복을 입고 있었다. 한수는 자신의 것은 어디 있는지 물었고, 그는 준비하지 못했다고 말했다. 그가 같이 오는 건 예상치 못한 일이었다는 후렴과 함께. 한수는 그 말에 잠시 미간을 찌푸렸다가 이내 정훈과 함께 후문으로 향했다. 문을 열기 전, 잠시 고개를 들어 본 건물은 어두운 밤의 등대처럼 빛나고 있었다.

건물로 들어간 두 사람은 경비원이 말했던 '치울 것'과 마주쳤다. 망가진 모니터가 산더미처럼 쌓여 있었다. 모두 폭격이라도 당한 것처럼 처참한 모습이었다. 정훈은 그것들을 바라보며 "수상하지 않냐?"라고 한수에게 물었고, 한수는 "비품 교체 시기라도 왔나 보죠"라고 퉁명스레 답했다.

건물 안은 지나치게 밝고, 하얬다. 대리석 바닥에 하얀 페인트로 칠한 벽면과 천장 가득한 조명. 건물 전체가 마치 표백제에 들어갔다 나온 것 같았다. 사람은 한 명도 없었다.

"역시 수상해……."

"뭐가 그렇게 수상해요?"

"사람이 한 명도 없잖아?"

"형, 지금 몇 시인 줄 알아요? 다들 퇴근했겠죠."

"그래도 경비원도 없어?"

"순찰 돌고 있나 보죠."

"그래도 수상하다고……."

"형만 그렇게 생각하는 거예요."

정훈의 감상에 한수는 다시금 퉁명스럽게 답했다. 그렇게 생각하면 세상에 수상하지 않을 게 없을 테니까. 하지만 묘한 느낌을 받은 건 사실이었다. 분명 위화감을 주는 공간이기는 했다. 찜찜했다. 그 느낌을 잊고자 한수가 정훈에게 물었다.

"그래서 우리가 찾아야 하는 게 뭐라고요?"

"그렘린 시스템."

"그게 어디 있는데요?"

"지금부터 찾아봐야지. 시스템이라고 했으니까 큰 공간에 있을 거야. 게임사니까 서버실 같은 게 있을 거고."

"그럼 흩어져서 빨리 찾고 끝내요."

"아냐, 같이 다녀. 위험해."

"됐어요. 위험할 게 뭐 있겠어요. 끽해야 경찰서 가고 끝이겠지……."

"좋아……. 대신, 뭔가 찾으면 바로 핸드폰으로 연락해. 나머진 내가 해결할게."

"뭘 어떻게 해결하려고요?"

한수의 마지막 질문에 정훈은 무언가 말하려는 듯 머뭇거리다 등을 보이며 돌아섰다.

"……위험하다 싶으면 소리치고. 알았지?"

그리고 정훈의 등을 바라보던 한수도 짧은 대답과 함께 돌아섰다.

"형이나 잘해요."

결국 찝찝한 느낌은 풀리지 않았다.

1층은 제법 넓었다. 한수는 건물 안내판을 찾아보려 했지만 보이지 않았다. 본디 1층이란, 찾아온 손님에게 정보를 제공해야 하는 공간인데, 이 건물은 정보라고 할 만한 게 그 어디에도 없었다. 그는 안내판 찾기를 포기하고 복도를 따라 걸었다. 복도 양옆으로 늘어진 방들은 사무실이라기보다 대학 연구실에 가까웠고 대부분 텅 비어 있었다. 창문으로 방을 살피던 한수는 '**게임스가 부도가 났나?' 하는 생각을 해봤지만, 그런 소식을 들은 것 같지는 않았다. **게임스는 제법 큰 회사였고, 운영하는 게임 수도 상당했다. 대부분 수익이 좋은 게임들이었다. 어쨌든 그런 것들을 고려해볼 때 확실히 이상하기는 했다. 어쩌면 건물을 잘못 찾아온 걸 수도 있지 싶었다. 한수가 생각하기에 정훈이라면 충분히 그러고도 남을 것 같았다.

그렇게 이런저런 생각을 하며 돌아다니다 보니 어느덧 막다른 벽에 닿았다. 복도의 끝. 하얀 벽이었다. 정훈이 말한 공간은 없었다. 한수는 벽을 보며 가볍게 한숨을 쉬었다. 누가 사람은 합리적인 동물이라 그랬던가? 아니다. 사람은 합리화하는 동물이다. 자기 잘못을 인정하지 못하고 끊임없이 다른 곳에서 답을 찾으려 한다. '나는 아니겠지'라고 믿지만 믿음은 그저 믿음일 뿐이고, 오답은 그저 오답일 뿐이다. 방금 한수는 그 오답 중 하나를 확인했다. 이제 이걸 정훈에게 알려줘야 했다. 인정할지 말지는 그의 문제겠지만, 알려주는 건 한수의 문제였다. 그는 정훈에게 돌아가기로 했다.

그리고 뒤를 돈 한수는 검은 벽에 가로막혔다. 2미터가 안 되는. 분명히 아까까지 그곳에 없었던. 고개를 돌리자, 그의 눈높이로 무전기가, 그보다 조금 위로 그를 쳐다보는 눈이 보였다. 조금 전, 정훈이 '한 명도 보이지 않아 이상하다'라고 이야기한, 경비원. 경비원이 그를 내려다보고 있었다.

'그래도 나는 아니겠지.' 한수는 그렇게 생각했다. 급박한 상황에 소리조차 못 지르는 사람들을 두고 그는 그렇게 생각했다. 오답이었다. 머릿속에는 분명 정훈이 말했던 것이 떠올랐지만, 그는 아무것도 할 수 없었다. 얼어붙는다. 그 표현이 가장 적절했다. 한수는 자신을 가로막은 커다랗고 검은 벽을 보고 얼어붙었다. 경비원이 한수를 보고 무어라 말하는 듯했지만 들리지 않았다. 아무것도 느껴지지 않았다.

감각이 돌아온 건, 한순간 짧은 섬광이 반짝인 뒤였다. 한수를 막았던 검은 벽이 갑작스레 힘없이 무너졌고, 무너진 벽 뒤에서 정훈이 나타났다. 한수 앞에 나타난 정훈이 그의 어깨를 잡으며 외쳤다.

"괜찮아?! 내가 소리 지르랬잖아?!"

한수는 자신을 붙잡은 정훈을 보며 무언가 답하려 했다. 무언가 적절한 말을 찾으려 했다. 고맙다고 해야 할 것 같았다. 하지만 그러지 못했다. 순식간에 일어난 일이었다. 오늘 하루 너무 많은 일들이 일어났다. 한수가 원한 일이 아니었다. 그래서 마음이 복잡했다. 마음이 복잡해 머리가 어지러웠다. 어지러운 머리가 다시금 오답을 뱉었다.

"그걸로 나 기절시킨 거예요?"

한수는 정훈의 손에 들린 걸 가리키며 말했다. 전기충격기였다. 정훈은 한수의 말에 무어라 하려 하다가 멈칫했고, 이내 고개를 숙인 채 경비원 몸을 뒤지며 말했다.

"……다친 곳은 없는 거 같네?"

"……."

한수는 아무 말도 하지 못했다. 의도치 않은 침묵이 두 사람 사이에 흘렀고, 잠시 뒤 정훈이 한수에게 무언가를 내밀었다.

"……어? 이것 봐. 역시 수상하지?"

경비원의 옷만큼 진한 검은색이 눈에 띄는 ㄱ 자 모양의 물건이었다. 한수는 그것을 받아 자세하게 봤다. 권총이었다. 작은 리볼버. 양손에 들린 그 감촉이 제법 차가웠다.

"이게 뭐예요, 형?"

"총이잖아?"

"그래서요?"

"'그래서요'라니? 수상하잖아? 게임 회사 경비원이 총이라니."

"아니, 가스총일 수도 있잖아요?"

한수의 부정에 정훈은 총을 다시 가져간 뒤 총알을 꺼내 그의 눈앞에 들이밀었다.

"너도 군대 다녀와서 알잖아? 이건 가스 총알이 아니야. 실탄이지."

황동색 탄환이 반짝였다. 군대에서 만진 것과 같은 건 아니었지만. 한수는 더 이상 그것이 진짜 총이 아니라는 걸 부정할 수 없었다. 다시 말문이 막혔고, 그런 한수를 향해 정훈은 총을 다시 건넸다.

"네가 가지고 있어."

"예? 왜요?"

"아까처럼 위험한 순간이 올 수도 있잖아."

"아뇨, 위험한 순간 아니었거든요?"

"아무튼 가지고 있어. 그래야 내가 마음이 편할 거 같아."

한수는 총과 그의 얼굴을 번갈아 보다 바닥에 쓰러진 경비원에게 눈길이 갔고 결국 총을 건네받았다. 정훈이 가지고 있는 것보다 자신이 가지고 있는 게 낫겠다는 판단이었다. 총을 주머니에 넣은 한수가 정훈에게 물었다.

"이제 어떡할 거예요?"

"어떡하냐니? 계속 찾아봐야지. 내 쪽에는 아무것도 없었어. 너는?"

"없었어요."

"그럼 2층으로 올라가자. 오는 길에 계단을 봤어."

"엘리베이터 타면 안 돼요?"

계단이라는 단어에 한수는 조금 칭얼거리듯 말했다. 이쯤 하고 싶었지만, 정훈이 들을 것 같지 않아 최대한 타협하려 한 거였다.

"안 돼."

물론 정훈은 거절했다.

"왜요?"

한수는 그를 설득해보려 했으나,

"갇히면 위험할 수 있어. 그리고……."

"그리고요?"

"저것도 치워야 해."

정훈은 바닥에 쓰러져 있는 경비원을 가리켰다. 설득은 실패로 돌아갔다.

쓰러진 경비원을 계단 뒤편 공간에 숨기고 2층으로 올라간 그들은 1층에서 했던 것과 같은 방식으로 그곳을 탐색했다. 물론 성과는 없었다. 1층과 마찬가지로 방 대부분이 공실이었다. 그래서 그들은 3층으로 올라갔다. 하지만 3층도 마찬가지였다. 정훈이 추측한, 기계들로 가득한 넓은 공간은 없었다. 그들은 4층으로 올라갔고, 그곳에서도 같은 결과를 맞이했다. 4층 계단 비상구로 나오며 한수는 정훈에게 말했다. 지친 목소리였다.

"이쯤 하고 돌아가요. 형."

정훈은 말없이 계단을 올랐다.

"4층까지 아무것도 없었잖아요?"

정훈은 여전히 말이 없었다. 한수가 다시 말했다.

"알아요, 형이 뭐라고 말할지. '수상하잖아? 4층까지 아무것도 없다니.' 그런데 그렇게 생각하면 수상하지 않은 게 어디 있겠어요? 회사가 이사 간 걸 수도 있잖아요? 1층에 모니터들 기억나죠? 버리고 간 걸 수도 있어요. 우리가 잘못 온 걸 수도 있어요!"

한수의 목소리가 신경질적으로 헐떡였다. 그러나 정훈은 아무 말이 없었다.

"아! 쫌! 형! 이러는 이유가 있을 거 아니……"

그리고 대꾸 없는 정훈에게 한수가 폭발할 찰나, 정훈이 갑자기 멈춰 서며 말했다.

"왜 여기는 문이 없지?"

그의 앞에 벽이 있었다. 원래대로라면 5층으로 들어갈 수 있는 문이 있어야 했다. 하지만 그곳에는 아무것도 없었다. 하얀 페인트로 칠한 벽이 있을 뿐이었다. 벽 끄트머리에는 자그마한 환풍구가 보였다.

"끙…… 끙…….."

환풍구는 좁았다. 한수는 오래전 텔레비전에서 본 액션영화의 주인공을 떠올렸다. 그 모습이 꼭 자기 모습 같았다. 다른 점이 있다면 눈앞에 정훈의 엉덩이가 보인다는 정도랄까. 만감이 교차했다. 주된 느낌은 후회. 후회스러웠다. 환풍구에 들어온 게, 정훈을 말리지 못한 게, 벽을 발견하기 전에 돌아가자 말하지 못한 게. 한수는 후회스러웠다.

"한수야……."

그의 마음을 아는지 모르는지 앞서가던 정훈이 입을 열었다.

"괜찮아. 곧 끝날 거야."

또 그 소리였다. 뭐가 괜찮고 뭐가 곧 끝난다는 말인가. 애초에 이 난리가 누구 때문에 일어난 일인데? 정훈 때문 아닌가? 속이 끓었다.

"내가…… 너한테 하지 못한 말이 있어……. 그러니까…… 내가…… 어어?"

"그딴 소리 할 시간 있으면 빨리 앞으로 기어가요!"

하지만 거기까지였다. 한수는 눈앞에서 씰룩이는 정훈의 엉덩이를 있는 힘껏 밀었다. 듣고 싶지 않았다. 그 말이 어떤 말이든 간에 지금 상황에서 한수는 듣고 싶지 않았다. 마음의 여유가 없었다.

불행히도 여유가 없는 건 환풍구도 마찬가지였다. 공기를 순환하기 위한 파이프는 두 사람의 무게를 견디지 못했다. 삐그덕거리던 환풍구의 신음은 삐걱! 하는 외마디 비명으로 바뀌었고, 그 소리와 함께 두 사람은 바닥으로 떨어져 정신을 잃었다.

―――◎―――

……얼마나 시간이 지났을까? 한수는 온몸이 지르는 비명을 겨우 참아가며 눈을 떴다. 정신을 차린 그 앞에 가장 먼저 정훈의 모습이 들어왔다. 다행히도 크게 다친 곳은 없어 보였다. 한수는 안도의 한숨을 내쉰 뒤, 그에게 물었다.

"형, 괜찮아요?"

"……."

그는 대답이 없었다. 한수는 정훈의 몸을 흔들며 다시 한번 물었다.

"형, 괜찮아요?"

"……."

하지만 여전히 그는 대답이 없었다. 그제야 무언가 이상함을 느낀 한수는 정훈의 얼굴을 제대로 살펴보았다. 벌어진 턱, 방향을 잃고 열린 눈……. 그건 마치 인간의 몸에서 무언가가 빠져나간 것 같은 표정이었다. 예컨대, 영혼 같은…… 그래서 껍데기만 남은 것 같은……. 힘없이 갈라진 정훈의 입에서 목소리가 기어 나왔다.

"한수야……. 저게 뭐야……."

한수는 그 말이 가리키는 곳으로 고개를 돌렸다. 정훈이 바라보고 있는 쪽을 향해. 그곳에서는 빛으로 만들어진 장벽이 그들을 바라보고 있었다. 수백 개의 모니터. 모니터들이 벽면을 가득 메우고 있었고, 각각의 모니터에서는 밝은 화면이 쉬지 않고 쏟아져 나왔다.

그리고 한수는 모니터에 매달린 무언가를 보았다. 작은 인형 같은. 하지만 그 끝이 뾰족하고 날카로운. 기분 나쁜 소리가 들렸다. 쇳소리. 칠판을 손톱으로 긁는 듯한. 그 소리가 이빨 사이로 새어 나왔고, 이따금 통통하게 살이 오른 민달팽이 같은 혓바닥이 기어 나와 모니터 화면을 핥았다. 한수는 정훈의 질문에 답할 수 없었다. 그의 목에서도 질문이 기어올라왔다.

"저게…… 뭐야?"

"그렘린이지."

그 질문에 누군가 화답했다. 목소리는 두 사람의 뒤편에 깔려 있던 너른 그림자 속에서 들려왔다. 한수가 돌아서며 목소리가 들려오는 곳을 향해 외쳤다.

"거기 누구야?!"

"기다려봐. 잠깐 120번 모니터 화면만 좀 전환하고."

목소리의 주인공은 그림자에서 걸어 나와 둘 사이를 지나갔다. 창백한 피부, 눈 밑까지 내려온 다크서클과 어깨까지 내려온 검은 머리의 여성. 그녀는 두 사람의 시선은 신경조차 쓰지 않은 채 자연스럽게 책상 키보드를 두들겼다. 그러자 수많은 모니터 중 하나의 화면이 변했다. 모니터에 달라붙은 '그것'은 자기 눈앞에서 바뀐 화면에 잠시 그르렁거렸으나, 이내 언제 그랬냐는 듯 다시 화면에 집중했다.

"기다려줘서 고마워. 이놈들은 금방 질리거든. 질리면 항상 모니터를 부수지. 이번 달만 하더라도 세 번이나 모니터를 바꿔야 했어. 뭐 그래도 됐어……. 급한 불은 껐으니까."

그 모습을 본 여성은 상의 앞주머니에서 담배를 꺼내 입에 물며 말을 이었다.

"이제 이야기해도 돼. 사실 나도 여기서부터는 처음이라 뭘 말해야 할지 모르겠지만, 그건 너희들도 피차일반일 거 같으니……."

하지만 두 사람은 그녀의 말에 아무런 반응이 없었다. 여성은 입에 물었던 담배를 손으로 구겨 바닥에 떨군 뒤 짜증스러운 표정으로 다시 한번 재촉했다.

"뭐 해? 시간 없어. 묻고 싶은 게 있으니 왔을 거 아니야?"

그러나 이번에도 마찬가지였다. 그들은 그저 멍하니 그녀를 바라볼 뿐이었다. 그녀는 그런 두 사람을 몇 번 더 번갈아 보았고, 손으로 머리칼을 헝클듯이 빗어 넘긴 뒤 다시 입을 열었다.

"아무래도, 내가 실수한 거 같네. 처음 만난 사람들에게 다짜고짜 질문부터 하라고 요구하다니……. 내 실수야. 그래, 내가 먼저 자기소개를 해야겠지. 그게 맞는 순서겠지. 반가워. 나는 지수라고 해. 정지수. 나이는 서류상 25. 직책은 **게임스 대표이사, 기획과장, 개발팀장 기타 등등 여러 개가 있는데…… 그런 건 다 필요 없고, 너희들에게 중요한 건 아무래도 이거겠지……. 그렘린 시스템 관리자. 너희들이 본 게시물을 올린 장본인."

아무도 요구하지 않은 정보가 그녀의 입에서 쏟아져 나왔다. 그리고 정보들이 쏟아져 내리는 순간에 멍하니 있던 정훈이 그녀의 입에서 나온 '그 이름'에 반응했다.

"뭐?"

정신이 온전하게 돌아온 모습은 아니었다. 그의 눈은 여전히 공허했다. 그러나 자신을 지수라고 소개한 여성은 그런 정훈의 모습에 상관하지 않는 듯했다. 그녀는 질문이 나온 것 자체에 만족한 듯했다.

"옳지. 착하다……. 그래, 궁금한 게 있으면 그렇게 물어봐."

"네가…… 그 글을 올렸다고?"

그녀의 말을 따라 두 번째 질문이 나왔고, 그녀의 입꼬리가 천천히 올라갔다. 입술이 갈라지며 가래 끓는 소리와 함께 짧은 대답이 나왔다.

"그래."

정훈의 눈이 떨렸다. 눈이 떨리는 만큼 입술도 떨렸다. 떨리는 입술에서 세 번째 질문이 나왔다.

"그렇다면……."

"그렇다면?"

"그렇다면 그…… 그렘린 시스템은 어디 있지?"

그것은 정훈이 답을 원했던 질문이었다. 정훈은 지수를 바라보았다. 그녀의 답을 기다렸다.

"지금 보고 있잖아."

지수는 고개를 뒤로 한 번 까딱하곤 정훈을 응시했다. 정훈은 그 의미를 이해하기 위해 잠시 시간이 필요했고, 자신이 이해한 바를 확인하기 위해 다시금 질문이 필요했다. 그의 마지막 질문이 나왔다.

"저게…… 그렘린 시스템이라고?"

"그래."

"하지만……."

"하지만? 뭐?"

정훈은 손가락을 들어 그녀의 뒤편을 가리켰다. 수많은 모니터들의 빛과 그 빛에 매달려 기괴한 소리를 내는 뾰족한 귀의 작은 무언가들. 이따금 키킥거리는 웃음소리가 들렸고, 이따금 날름거리는 혓바닥이 보였다. 정훈은 그것들을 가리켰다. 입술과 눈동자에 머물러 있던 떨림은 어느샌가 그의 손끝에도 자리 잡았다.

"저건 시스템이 아니잖아……."

"뭐?"

"시스템이 아니라…… 괴물이잖아……."

"아……!"

지수의 입에서 짧은 탄식이 튀어나왔고, 시선이 정훈의 손가락을 따라갔다. 그녀는 자신 뒤에 펼쳐진 풍경을 잠시 응시하다가 다시 정훈의 눈동자에 시선을 맞췄고, 이내 정훈을 향한 마지막 대답을 뱉었다.

"맞아. 괴물이지."

그리고 그 대답을 끝으로 정훈은 말을 잃었다. 마치 몇 마디 질문을 던지면 멈춰버리는 저주에 걸린 것처럼. 초점을 잃은 그의 눈동자가 그녀의 눈동자를 멍하니 바라보았다. 지수는 짧은 한숨과 함께 굳어버린 정훈을 뒤로한 채, 한수에게 고개를 돌렸다.

"너. 넌 아까부터 아무 말도 없던데, 넌 궁금한 거 없어?"

"예?"

"설명해주겠다고. 네 친구는 충격을 먹었는지 어쨌는지 바보가 되어버린 거 같으니까, 네가 물어봐."

그녀가 한수에게 질문을 요구했다. 검고 둥근 두 덩어리의 심연이 이번에는 한수를 노려보았다.

한수는 심연을 바라보았고, 두근거리는 심장을 느꼈다. 볼을 타고 흐르는 차가운 땀방울의 온도를 느꼈고, 목구멍을 타고 넘어가는 마른침을 느꼈다. 긴장으로 굳은 혀끝에서 첫 번째 질문이 나왔다.

"저것들은 뭐죠?"

"그렘린이야."

지수가 답했다. 한수가 다시 물었다.

"그게 뭐죠? 저것들이 지금 뭘 하는 거죠?"

그녀의 얼굴에 옅게 미소가 나타났다. 그 미소가 무엇을 의미하는지 한수는 알 수 없었다.

"그래, 그걸 먼저 설명해야겠지……. 좋은 질문이야. 너 이름이 뭐지?"

"한수, 박한수요."

"재미없는 이름이네, 하지만 쓸 만하겠어. 뻔한 표현이지만 넌 선택받은 걸지도 몰라. 한수, 박한수."

"네?"

"아냐, 혼잣말이야. 이해해줘, 철야가 길어지면 다들 나처럼 될 수밖에 없다고……."

다시 한번 장황하고 질서 없는 이야기를 뱉어내던 지수가 양팔을 가볍게 펼쳐 보였다. 그녀의 뒤에서 하얀빛이 쏟아져 내렸고, 그런 그녀의 몸에 짙은 그림자를 만들어 입체감을 주었다. 어쩌면 아무 의미 없는 행동이었겠지만, 빛과 그림자 때문에 그 모습이 약간은 그림처럼 보였다. 마치 오래된 그림처럼. 그리고 그림이 옛이야기를 들려주듯, 그녀의 입에서 이야기가 이어졌다.

─◆─◎─◆─

그렘린 시스템

그것은 그렘린이라 부르는 생물이었다. 아니, 사실 진짜 이름은 모른다. 심지어 생물인지조차도. 그저 편의상 그렇게 부를 뿐이었다. 한때 그녀의 이름이 지수가 아니던 시절이 있었다. 아직 그녀의 손에 망치와 그렘린의 시체가 쥐여 있던 시절이었다. 그녀는 그것들의 이름을 그때 처음 들었다. 자신보다 나이가 한참 많은 선임에게서. 그는 그녀에게 말했다.

"그것들이 도대체 언제부터 이 세상에 있었는지는 알 수 없어. 어쩌면 인간이 있기 전부터 있었을지도 모르지. 한 가지 확실한 건 사람들이 놈들을 처음 발견한 게 19세기였다는 거야."

19세기, 산업혁명기, 영국. 놈들은 런던의 방직공장에서 처음으로 발견되었다.

어느 날 아침, 공장주는 공장의 기계들이 망가진 걸 보았다. 소문이 돌고 있었다. 불순한 놈들이 러다이트다 뭐다 해서 한밤중에 기계를 부수고 돌아다닌다는 걸. 그래서 그는 직원들을 모아놓고 경고했다. 자신도 소문을 들어서, 이게 무슨 일인지 알고 있다고. 이런 짓은 용납지 않겠다고. 한 번만 더 이런 일이 일어나면 모두 잘릴 거라고.

  모두가 술렁이는 가운데, 한 직원이 떨리는 손을 들었고 자신이 들은 소문을 이야기했다. 밤마다 공장에 나타나는 괴물에 대한. 공장주는 비웃었고, 그 직원을 잘랐다. 그리고 공장의 기계가 다시 망가졌다. 공장주는 직원들을 잘랐고 새로 뽑았다.

  하지만 기계들은 또다시, 또다시 망가졌다. 소문이 돌았다, 직원들 사이에. 이제 공장주도 더 이상 무시할 수 없었다. 직원들이 그에게 요구했다. 소문을 확인해 달라고. 그러지 않으면, 일터로 돌아가지 않을 거라고.

  결국 그는 그들의 요구를 들어주기로 했다. 그 자신이 직접 소문의 진위를 확인해주기로 했다. 그리고 한밤중, 공장에서 그는 보았다. 샛노란 안광, 날카로운 이빨이 어둠 속에서 나타나 통통하고 끔찍한 혀를 날름거리며 기계들을 망가뜨리는 모습을. 그는 더 이상 소문을 부정할 수 없었다.

  ……그날 이후 괴물들이 나타나 기계를 부순다는 이야기가 여기저기에서 들려왔다. 피해는 날이 갈수록 커졌고, 사람들은 두려워했다. 대책이 필요했다. 그래서,

그들이 만들어졌다. 사냥꾼. 괴물, 그렘린을 잡기 위한. 그녀는 그들 중 하나였다.

그들은 비밀스럽게 그렘린을 사냥했다. 그녀도 사냥꾼의 일원으로 망치를 휘둘렀다. 그의 선임이 그랬던 것처럼. 최선을 다해서. 그녀의 망치에는 피가 마를 날이 없었다. 그녀는 언젠가 자신의 망치에 피가 마르기를 바랐다. 모두가 그랬다.

피는 마르지 않았다. 그렘린 사냥은 끝나지 않았다. 영원히 끝나지 않을 것 같았다.

끝나지 않는 사냥. 그들은 이유를 알고 싶었고, 그 이유를 알게 되었다. 그들이, 인간이, 우리가 그 이유였다. 인간의 기술. 기계. 그것이 그렘린을 자극했다. 자극을 받을수록 그 수가 늘어났다. 우리가 그들을 불렀다.

"……인과 자체가 잘못되었던 거지. 그래서 백날 망치를 휘두르며 사냥해도 절멸시킬 수 없었던 거야. 나날이 발전하는 인간의 기술이 놈들을 끊임없이 불러들였으니까. 아이러니지. 웃긴다면 웃긴 일이고. 하지만 진짜 웃긴 일은 따로 있어."

그녀가 잠시 이야기를 멈추고 한수를 바라보았다. 아

까와 같은 표정. 다시금 질문을 기다리고 있었다.

"그게 뭔데요?"

한수는 곧바로 그 바람을 이루어주었고, 만족한 듯 그녀의 입꼬리가 살짝 꿈틀댔다.

"이대로 놈들이 계속 늘어나면 결국 우리는 석기시대로 돌아갈 거란 거."

"네?"

"말 그대로야. 지금의 인류 문명은 하나부터 열까지 기계에 연결되어 있지. 기계뿐만 아니야. 디지털, 네트워크, 손목의 스마트워치와 뇌에 넣는 뉴럴 링크. 이제 인간들은 기계를 사용하는 걸 넘어 자신과 하나로 만들고 있어. 기계와 인간의 장벽이 허물어지고 있지. 이 속도라면 오래 걸리지 않을 거야. 그러니 생각해 봐. 인류가 그 모습에 도달했을 때, 그렘린들이 누구를 노릴지."

"아……!"

외마디 탄식과 함께 한수의, 그의 머릿속에 한 번도 생각해본 적 없던 미래가 그려졌다. 그것은 선사시대보다 끔찍한 것이었다. 그것은 멸종. 지옥이었다.

그렘린 시스템

"……사냥으로는 결국 예정된 미래에 닿을 수밖에 없어. 그래서 우리는 선택할 수밖에 없었고. 우리는 생각했어. 어차피 싸워서 이길 수 없다면, 다른 방법을 써야 한다고."

"다른 방법이라면……."

"내 뒤에 있는 저거야."

그녀의 엄지손가락이 등 뒤를 가리켰다. 모니터를, 모니터로 이루어진 거대한 벽을.

"우리는 놈들을 사냥할 수 없다면, 통제하는 게 낫다고 생각했어. 쉬지 않고 놈들이 좋아하는 떡밥을 던져서 관심을 끈 뒤, 다른 것들을 망가뜨리지 못하도록 하는 게 낫다고 생각했지. 그리고 그 생각이 맞았어……."

"그 떡밥이라는 건……."

한수는 자신 앞에 펼쳐진 빛의 벽을 바라보며 말했다. 그녀가 답했다.

"관념적이지만 복잡한 구조인 것들. 실체가 없지만 기계라고 인식되는 것들. 소프트웨어, 프로그램, 알고리즘 같은, 그래서 놈들이 충분히 매력을 느끼고 망가뜨리기 좋은 것들. 하지만 사람들에게 상대적으로 덜 중요한 것들. 없어도 되는 것들. 심지어 망가지는 걸 당연하게 여기는 것들. 로또, 코인 차트, 게임 랜덤 아이템 같은 것들……."

한수의 눈에 모니터의 화면들이 비추었다. 그는 그것의 의미를 알 수 있었다. 쉬지 않고 이어지는 화면의 행렬을 그는 이해할 수 있었다. 모니터를 핥고 있는 괴물들, 그 안에서 화려하게 망가지는 숫자들, 문자들을. 그는 이제 이해할 수 있었다. ……그래서 물을 수밖에 없었다.

"그럼, 전에 있었던 코인 폭락도……."

그는 확인하고 싶었다. 첫사랑이 끝나기 전에 있었던 일을. 그 이유를. 지수가 그 물음에 답해주었다.

"물론 완벽한 건 없지. 위험했어. 때때로 기술의 발전은 고삐 풀린 말처럼 날뛰니까. 놈들이 시스템보다 세상에 흥미를 느꼈어. 놈들을 묶어두려면, 그 이상의 자극이 필요했지. 그래서 떡밥을 키웠어, 일부러. 놈들이 정신 못 차리고 달려들어서 물어뜯도록. 늘 하던 일이라 어렵지는 않았지만……."

그의 귓가에 그녀의 목소리가 울리다 사그라들었다.

"나는 조금 지쳐버렸어……."

목소리가 사라진 곳에는 낮은 숨소리가 남았다.

"이제 쉬고 싶어……."

그녀는 고개를 떨궜다. 그런 그녀에게 한수가 다시 물었다.

"언제부터 이 일을 한 거예요?"

"몰라. 적어도 내 나이보다 오래했다는 건 알아……."

대답과 함께 그녀가 한수를 바라보았다. 한수도 그녀를 바라보았다. 그녀의 시선보다는 조금 위에서. 그녀가 그동안 했을 선택들에 대해 생각해보았다. 더 많은 사람들을 살리기 위해 할 수밖에 없었던 일들을. 한수는 그 의미를 이해할 수 있었으나, 그 무게는 가늠할 수 없었다. 지수의 눈 아래로 짙은 어둠이 흘러내리는 게 보였다.

"내 뒤를 이을 사람이 필요했어. 더 늦기 전에. 하지만 아무한테나 맡길 수는 없었지. 그래서 떡밥을 던졌어. 그 의미를 알고 찾아오도록. 지금까지 아무도 오지 않았어. 너희가 처음이었어."

그리고 그녀가 그를 향해 손을 뻗었다.

"그래……. 분명 너희는 선택받은 거야……. 분명 나는 너희를 기다려왔던 거야…….."

 손이 그를 향해 다가왔고, 현실감은 점점 무너져 내렸다. 어두운 공간에서 모니터 빛을 너무 오래 바라본 걸까? 한수는 이상한 기분이 들었다. 무언가에 압도된 느낌. 보이지 않는 힘이 팔을 쥐어 잡은 것 같았다. 그 힘이 손을 당기고 있었다. 조금만 뻗으면 그녀의 손을 잡을 수 있을 것 같았다.

 쿠당탕탕!

 그때, 갑자기 날아든 의자가 그를 다시 현실로 불러왔다. 한수는 의자가 날아온 곳을 향해 고개를 돌렸다.

 "뭐? 덜 중요하다고? 망가져도 괜찮다고? 웃기지 마……."

 그곳에 정훈이 있었다.

 "잘하고 싶었어……. 근데…… 안 되는 걸 어떡해? 나도 증명하고 싶었어……. 한 번이라도! 내가 뭔가 노력했다는 걸!"

 정훈을 바라본 한수의 눈에 그의 눈이 마주쳤다.

 "한수야…… 미안해……. 그러니까 그 말 듣지 마…….

여기서 나가자······. 미안해······. 한수야······, 그 손 잡지 마······. 다시······ 다시······ 우리······ 돌아가자······."

두서없이 흘러내리는 말들 속에서 그의 눈이 외치는 걸 보았다.

돌아가자.

한수는 그것이, 그 외침이, 정훈이 지금껏 하려고 했던 말임을 깨달았다. 그 외침이 대답을 기다리고 있었다. 그의 대답을······.

"아, 무슨 상황인지는 대충 알겠어······. 그렇다는 거지? 그래, 그렇게 된 거군······. 그래······."

그러나 대답한 것은 한수가 아니라 지수였다. 정훈을 바라보는 그녀의 눈에 한 번도 본 적 없는 이들이 스쳐 지나갔다. 정훈과 같은 운명의 사람들. 세상을 지키기 위해 그녀가 저지른 일에 영문도 모른 채 휘둘린 사람들. 그러니 어쩌면 그 대답은 지수, 그녀 자신에게도 꼭 필요한 말이었다.

"······미안해."

그녀는 사과했다.

달칵!

하지만 그녀는 해야 할 일이 있었다. 그것을 해야만 했다. 그녀의 품에서 나온 총구가 정훈을 조준했다.

"그렇지만 너희를 보낼 수는 없어. 그럴 수는 없지. 잘 들어. 누군가는 저것들의 목줄을 잡아야 해. 그렇지 않으면 저놈들이 세상으로 나갈 거야. 그럼, 인류는 멸망해. 다 죽는 거야. 그러니 잘 생각해. 여기에 온 이상 너희는 선택권이 없어. 내 일을 이어받아야 해. 그게 싫다면…… 모두를 위해서……. 그래……. 모두를 위해서……."

정훈은 잠시 총구를 바라보았고, 이내 자신에게 겨누어진 경고와 상관없이 의자를 집어 들기 위해 손을 뻗었다. 그는 멈추지 않았다. 멈추고 싶지 않았다.

그 순간, 무언가 체념한 듯한 한숨과 함께 총의 부속품이 서로 맞물리는 소리가 울렸고, 세상 모든 게 느려졌다. 마치 영원처럼.

특별한 건 없었다. 그냥 평소보다 사람이 조금 많을

뿐이었다. 한수는 학과 사무실에 들러 졸업장과 기타 서류를 받았다. 사회로 나가기 위한 준비물들이 갈색 대봉투에 켜켜이 들어가 그에게 건네졌다.

혹시라도 빠진 게 없는지 한 번 더 꼼꼼히 확인한 뒤, 그는 조교에게 가볍게 인사를 하고 사무실을 빠져나왔다. 인사는 계단을 내려가는 사이 몇 번 더 이루어졌다. 한 학기 더 다니게 된 동기, 후배, 과 교수님과 마주쳤고, 가벼운 인사와 덕담이 오고 갔다. 마찬가지로 오랜 시간이 걸리지는 않았다.

그렇게 계단을 내려와 건물을 나왔을 때, 한수는 뺨을 스치는 훈풍을 느꼈다. 3월은 아직 오지 않았으나, 계절은 봄이었다. 그는 잠시 눈을 감고 그것을 느꼈다.

빵!

그리고 그때 경적이 울렸다. 주차장에 세워진 검은색 세단이 낸 소리였다. 그 모습이 눈에 익었다. 한수가 고개를 돌리자, 차량은 손이라도 흔들듯 경적을 두어 번 짧게 더 울렸다. 마지막에는 길게 한 번 더.

화답이라도 해달라는 의미였을까? 한수는 못 이기겠다는 듯 차량을 향해 손을 흔들며 다가갔다. 그러자 운전석에서 학사복을 입은 남자가 기다렸다는 듯이 내렸다. 정훈이었다. 그가 환하게 웃으며 품에 들고 있던 꽃다발을 한수에게 건넸다.

"졸업 축하해."

"이런 거 필요 없다니까요."

"그래도 기분이란 게 있잖아."

한수는 그것을 받아 들고 향을 맡으며 조수석에 몸을 실었다. 이런저런 꽃 내음이 깊은숨과 함께 폐 속으로 들어갔다가 밖으로 나왔다. 뒤이어 한수를 따라 차에 오른 정훈이 그를 바라보았고, 가볍게 키스했다. 쌉싸름한 초콜릿의 맛이 느껴졌다. 한수는 그것을 살짝 음미했다. 잠시 뒤 만났던 입술과 입술이 떨어졌고, 정훈이 말했다.

"아무튼 축하해."

"형도 축하해요. 근데 진짜 나랑 같이 졸업하면 어떡해요? 1년이나 먼저 들어왔으면서."

차 시트에 등을 기대며 한수가 답했다. 어린아이가 투정을 부리는 듯한 말투로. 그 말에 정훈이 얼굴에 살짝 미소를 띠었다.

"그런 일을 겪고도 졸업하다니, 난 지금 이게 현실인지 잘 모르겠다."

"그 일을 누가 벌였는데, 형이 그런 말을 하면 어떡해요? 진짜……."

정훈의 말에 한수는 낮은 한숨을 쉬었다. 정훈은 그런 한수를 바라보았고, 조금 더 무거운 미소로 이야기를 이었다.

"나는 네가 그때 그런 결정을 할지 몰랐어."

"또 그 이야기예요? 오늘 같은 날까지 해야겠어요?"

"오늘 같은 날이니까 할 수밖에 없는 거지. 네가 그때 다른 결정을 했다면, 오늘 나는 없었어. 왜 그랬던 거야?"

한수는 인제 그만하자는 듯 손사래를 쳤다. 최대한 가볍게 보이도록. 하지만 순간 얼굴이 살짝 일그러진 것까지 숨길 수는 없었다.

"왜 그러긴 왜 그랬겠어요? 사람이 죽게 생겼는데. 사실 나도 아무 생각 없었어요. 그냥 도박을 한 거뿐이에요."

"그래도 그건 쉬운 선택이 아니었어."

"아무 생각 없었다니까요? 결국 잘됐잖아요? 협박한 게 먹혔잖아요? 그럼 된 거 아니에요?"

동시에 정훈의 얼굴에도 미소로 도저히 가릴 수 없는 그림자가 드리웠다. 그의 얼굴을 본 건 아니지만, 한수도 그것을 느낄 수 있었다. 그 느낌 속에서 한수는 그날의 기억을 떠올렸다. 그는 정훈을 향해 방아쇠를 당기려는 지수에게 외쳤다.

"그 사람을 죽이면 너를 죽이고 나도 죽겠어!"

그의 손에는 정훈이 건넸던 권총이 들려 있었다. 한수의 손이 그날의 순간처럼 떨렸다. 차 안에 침묵이 흘렀고, 잠시 후 정훈이 말을 이었다. 그의 목소리도 한수의 손처럼 떨렸다.

"내가 너를 위험에 빠뜨렸어……."

"형."

"단지 내 욕심에…… 그저 무언가를 증명하고 싶다는 욕심에……."

"형……."

"하지만 그러고 싶었어. 네 앞에서 부끄러운 사람이 되고 싶지 않았어……. 나는 뭐든지 해야만……."

그렘린 시스템

그리고 초콜릿의 씁쌀한 맛이 그의 떨리는 입을 막았다. 정훈은 갑작스러운 키스에 놀랐지만 이내 그 맛을 차분하게 음미했다. 그 순간 두 사람에게 더 이상 떨림은 없었다. 마주했던 입술을 떨어뜨리며 한수가 말했다.

"됐어요. 형은 충분히 증명했어요. 그러니까 이제 괜찮아요."

"한수야……."

"형이 그렇게 된 데에는 제 책임도 있어요. 형에게 모질게 굴었어요. 형이 더 이상 상처받지 않기를 바랐거든요. 그게 형을 위한 일인 줄 알았어요. 저를 위한 일인 줄 알았어요."

"한수야……."

"하지만 이제 알아요. 상처로는 상처밖에 줄 수 없다는 걸. 그러니까 너무 그때 일을 자책하지 말아요."

그 말과 함께, 한없이 무거웠던 차 안의 공기가 일순간 가벼워졌다. 창문을 열지 않았음에도 상쾌함이 느껴졌다. 정훈의 가슴에 시원한 바람이 불었다. 그리고 그것은 비단 정훈만의 느낌이 아니었다. 한수 역시 자신의 가슴에서 무언가가 해방됨을 느꼈다. 오랫동안 그들을 억눌렀던 감정이 풀어짐을 느꼈다. 둘은 서로를 바라보며 그것을 느꼈다.

"……가요, 형. 첫날인데 늦겠어요."

"응……."

정훈은 시동을 걸었고 뒤이어 차가 미끄러지듯 앞으로 나아갔다. 한수는 창문에 턱을 기대고 익숙했던 전경이 점점 속도를 내며 달려가는 걸 지켜봤다. 대학 건물과 조각상, 아직 잎이 나지 않은 나무와 그 사이를 거니는 사람들. 캠퍼스 정문이 가까워지자, 졸업과 새출발을 축하하는 플래카드들이 물결치듯 펼쳐졌다. 마치 오색의 파도 같았다. 오색의 파도 속에 수많은 사람의 이름이 춤을 췄다. 그리고 한수는 그 파도 속에서 익숙한 이름을 찾을 수 있었다.

축 김정훈, 박한수 **게임스 최종 합격 **하**

문신

배명은

내가 이하민을 만난 건 신록이 햇살에 부서지는 6월의 공원에서였다. 수요일 오후 2시의 공원은 사람이 적을 거라는 내 생각과 달리 동네 주민들이 꽤 많았다. 한 가로이 벤치에 앉아 호수를 바라보는 사람들이나 때에 개의치 않고 운동하는 사람 그리고 분명 수업 시간일 텐데 교복을 입은 학생들도 몇 보였다.

나는 그들과 조금 멀리 떨어진 나무 밑 벤치에 앉아 책을 펼쳐 든 채로 하품했다. 책의 제목은 〈주홍글씨〉였다. 첫 만남에 서로 쉽게 알아볼 수 있도록 하민이 지정한 책이었다. 읽어보진 않았으나 책을 살 때 눈에 들어온 문구가 있었다. "간음하지 말라." 십계명의 한 구절이던가. 어쨌거나 이런 일을 하면 책 하나로도 대충 눈치채기 마련이다.

'아, 남편이 바람났나 보군.'

나는 소리도 나지 않는 휘파람을 불며 책등으로 허벅지를 툭툭 쳤다. '이런 일'이나, 저 대목에서 대략 눈치를 채셨을지도 모르겠지만, 그렇다, 나는 심부름센터 사람이다.

근래 흥신소에서 심부름센터로 간판을 바꾼 지 얼마 되지 않았다. 요즘 멋들어진 사설탐정이란 이름도 있지만, 자격증 시험에서 세 번이나 낙방했다. 이 정도니, 돌머리도 이런 돌머리가 없을 거라는 미세스 정의 말을 인정하는 바이다. 허나 이론에만 약할 뿐, 나름대로 실전에선 강하다고 자부한다. 그동안 해온 일들을 보건대 무탈하게 이날까지 왔으니까 말이다.

양심적으로 나아가기 위해 심부름센터로 이름을 바꾸었으나 어쩔 수 없이 하는 일은 전과 같았다. 누군가의 뒷조사, 불륜 사건 현장 도촬, 도청, 이혼을 유리하게 할 수 있는 증거들. 대체로 불법적인 것들이지만 그것들이 유일한 수입원이었다. 양심이 밥 먹여주는 것도 아니고, 미세스 정의 옷을 사주는 것도 아니었다. 그러나 나는 이런 일에 염증을 느꼈다. 좀 더 떳떳하게 일하고 싶었다. 사설탐정이라면 남들이 나를 보는 관점이 달라질 것이었다. 불법적인 일보다는 바람직한 일을 하는 사람으로 말이다.

나는 손목에 찬 시계를 보았다. 하민과 만나기 5분 전이었다. 〈주홍글씨〉 책등을 이마에 붙인 채로 나는 그녀를 생각했다.

밤이고 낮이고, 길이며 건물 곳곳에 뿌려진 홍보용 명함 중 하나를 그녀는 보았을 것이다. 마트에 다녀오다가일 수도 있고 어쩌면 답답함에 가슴을 쥐어뜯다가 뛰쳐나온 새벽일 수도 있다. 수많은 번민 속에서 그녀는 명함을 얼마나 들여다봤을까. 얼마나 번호를 눌렀다가 지웠을까. 그렇게 주저하던 그녀가 남들은 잠이 든 비 오는 밤, 그러나 날이 넘어가지 않은 자정 15분 전 나에게 연락했다.

때마침 나는 네 번째 자격증 시험 준비로 깨어 있었다. 나에겐 포기란 없었으며 아직까지도 사설탐정이란 멋들어진 이름에 대한 욕망에 사로잡힌 채였다. 서랍 속 몇 대의 핸드폰 중 하나가 울려 전화를 받았다. 그 잠깐의 과정에도 직전에 외운 문장을 까먹었다.

"저기……."

머리를 긁적이고 있을 때 수화기 너머에서 들렸던 하민의 목소리가 생생하게 들려왔다. 나는 사색에서 빠져나와 현실로 돌아왔다. 고개를 드니 무척 왜소한 여자가 서 있었다. 갑자기 돌풍이 일었다. 거침없는 바람에 여자의 긴 머리가 사정없이 나부꼈다. 그러나 그녀는 미동조차 없었다. 어, 하는 사이에 수화기 너머에서 들려왔던 목소리가 다시 들렸다.

"안녕하세요. 오늘 만나기로 한 이하민입니다."

"아, 구중석입니다."

엉거주춤 서자 하민은 내 옆에 앉았다. 잠시 서로 간에 별말이 없었다. 나는 그녀를 따라 다시 자리에 앉았다. 그리고 부서진 햇살이 흐르는 호수를 바라봤다. 옆에서 그녀가 부스럭 움직일 때까지 가만히 기다렸다.

"대뜸 이렇게 만나자고 해서 죄송합니다."

"아닙니다. 사무실보다는 이렇게 야외가 편하신 고

객님도 많이 계십니다."

"제가 미디어나 인터넷으로만 접했기에 정확히 심부름센터가 무얼 하는 곳인지를 모릅니다. 어디까지 해주시는지도 잘 모르겠고요. 한 가지 여쭙겠습니다. 선생님과의 신뢰는 돈이면 될까요?"

오. 이렇게 바로 직설적으로 물어본다고? 나도 모르게 눈이 커지고 입술이 동그랗게 되자 힐끗 본 하민이 이어 말했다.

"질질 끌고 싶은 생각은 없습니다. 이미 너무 지쳤거든요."

"모든 비즈니스는 돈이 중요하긴 합니다. 그러나 어떤 일이냐에 따라 다르지요. 남편분이 관련된 겁니까?"

질질 끌고 싶은 생각이 없다기에 나 또한 단도직입적으로 물었다. 그 말에 하민은 입술을 짓씹었다. 역시. 심부름센터를 찾는 이들 대부분 그런 문제로 왔으니 별로 특별할 건 없었다. 나는 들고 있는 책을 들었다.

"간음하지 말라, 라는 문장이 와닿더군요. 남편분이 외도하신 지 얼마나 된 건가요?"

"얼마나라……. 희성이와 처음 만나 결혼하고 오늘까지 4년이 되었습니다. 3개월은 좋았어요. 친절하고 자상하고. 저만을 사랑한다던 남자를 어떻게 의심했겠어요. 그러던 어느 날 우연히 희성이의 핸드폰을 보았는데, 저에게 했던 그대로를 다른 여자에게 했더라고요. 저를 만날 때 다른 사람을 만났던 거예요. 배신감에 참을 수가 없어서 그걸 보여주며 헤어지자고 했어요. 내가 사람 보는 눈이 참 없었던 거예요. 그런데 별안간 희성이가 제 뺨을 때렸어요. 그리고 부정의 말도 없이 방문을 잠그더군요. 그때부터예요. 희성이가 제게 폭력을 행사한 게."

담담하게 얘기하는 하민의 얘기를 듣고는 고개를 끄덕였다.

"저런, 많이 힘드셨겠군요."

공감의 말을 했지만, 그런 사연 역시 특별할 건 없었다. 얼마나 많은 사람이 손쉽게 폭력을 행하는지, 얼마나 많은 사람이 폭력에 노출되었는지, 그 모든 게 얼마나 흔한지 대부분은 모를 것이다. 나는 한쪽 눈을 가리고 그것들을 무시하며 산 지 오래되었다. 일의 특성상

의뢰인이 내 편이다. 그때그때 달라지는 나의 양심은 그렇게 무뎌졌다.

조곤조곤 말하는 하민의 목소리는 메말라 버석거리는 소리까지 들리는 듯했다.

"차라리 다른 여자와 만나길 바랐어요. 그래서 나와는 헤어지길 그렇게나 바랐는데. 그러기 싫대요. 왜 그런 남자와 결혼까지 했는지. 참 바보 같죠? 정말이지…… 헤어 나올 길이 없었거든요."

와하하하. 나는 왁자하게 지나가는 학생들을 곁눈질했다. 그들은 초등학생이나 할 법한 술래잡기를 하면서 깔깔 웃어댔다. 이곳은 비극인데 저곳은 희극이었다. 그게 여간 신경 쓰이는 게 아니었다.

"아, 물론 결혼하기 전의 자유를 찾아 도망도 가봤어요. 일가친척 하나 없는 정말 새로운 곳으로 가서 식당 일을 했거든요. 어떤 식으로든 제 신원이 드러날 일은 전혀 하지 않았어요. 텔레비전이나 영화에서 봤던 대로 악착같이. 매일 스스로 검열하며 지나치는 사람마다 의심했어요. 1년 정도 되었을까요. 폭력에서 벗어나니 외로움이 찾아오더라고요. 기꺼워야 했지만, 엄마가 너무 보고 싶었어요. 그 사람이 어떻게 나를 찾겠어? 어쩌면 이미 새로운 사람과 잘 살고 있지 않을까? 얼마나 게으른데 나를 아직 신경 쓰겠어? 지금까지 잘했잖아. 전화 한 통화로 뭘 알겠어? 그렇게 공중전화로 전화를 한 번 했어요. 그런데 희성이는 그사이 저를 찾아줄 사람을 구했던 거죠. 유능한 사람을 썼다더군요. 그 전화를 놓치지 않고 공중전화 주위를 이 잡듯이 찾아 헤맸나 봐요. 그걸 바로 희성이에게 알렸대요. 그 흥신소 사람이."

나는 하민을 바라봤다. 내려앉은 나무 그늘 때문에 표정 없는 얼굴의 속내를 읽을 수가 없었다. 그녀도 나를 마주 봤다. 미세하게 일그러지는 내 표정을 알아챘을까.

"그때는 흥신소였지만, 지금은 심부름센터로 바뀌었죠."

이제야 나는 하민을 처음 만나는 것이 아님을 깨달았다.

"그런 줄도 모르고 한참을 찾았어요. 제가 알고 있는 건 희성이가 술 마시고 자랑하듯이 말한 흥신소 이름뿐이었거든요. 참 힘들었네요."

그 말에 이를 악물었다.

의뢰인은 결혼 전 다른 남자를 만나 도망친 약혼자를 찾아달라고 했었다. 너무나 사랑하기에 딱 한 번만 만나고 싶다고 했다. 건네는 봉투도 제법 두둑했고. 까다로운 일이었다. 다른 남자의 정보도 전혀 없었고, 휴대폰 사용도 없었고, 노트북이나 문자에서도 불륜의 정황이 없었다. 통장 잔고는 변함이 없었고, 해외로 나간 기록도, 그 어떤 생체반응도 없었다. 단순히 마음의 변심으로 도망쳤다고 하기엔 숨으려는 정도가 심했기에 무언가가 더 있으리라 막연히 생각했었다.

어쨌든 작정하고 숨었다 한들 가능성이 아예 없지는 않았다. 하민의 말처럼 그녀에겐 가족이 있었으니까.

허공에서 얽히는 시선이 어긋났다. 하민이 웃었다.

"복수하려고 사장님을 찾은 건 아니에요. 제가 무슨 힘이 있다고 어떻게 그러겠어요? 가만히 당하실 분도 아니잖아요. 그냥 유능하시니까, 저도 당신한테 의뢰하고 싶어졌어요."

잠시 가슴이 쿡쿡 쑤시고 좌불안석했으나, 다시금 하민의 말에 정신이 번쩍 들었다. 그렇다. 시나리오가 서로 다르다지만 신경 쓸 필요는 없었다. 어차피 이런 일에 상도덕이 있는 것도 아니고. 조금은 예상 밖이었으나 다시 경로로 돌아오지 않았는가. 의뢰 말이다. 이제는 호기심마저 일었다. 대체 무슨 의뢰이기에 긴 시간을 들여서 나를 찾아왔을까.

"3억 드릴게요. 그 사람을 자살로 위장하여 죽여주세요."

대체로 의뢰인들은 상대방이 죽길 바랐다. 얼마면 사람을 죽여주냐고 농담을 가장한 진담도 숱하게 들었다. 나도 농담으로 가격을 말하면 돌연 겁이 나는지 진짜로 죽여달라고는 하지 않았다. 그렇기에 나는 하민이 그 말을 한 순간, 여느 이와 같이 시시해져버렸다. 물론 3억에 마음이 동했다. 농담으로 올린 가격보다 훨씬 큰 금액이었다. 그거면 돈 걱정 없이 미래를 꿈꿀 수 있고 미세스 정이 명품을 두어 개 살 수도 있었다.

그러나 나는 사람을 죽이고 싶지 않았다. 금액이 큰 만큼 위험도 따르는 일이었다. 돈이 신뢰를 결정한다지만, 꿈도 희망도 없는 그런 일을 하고픈 마음이 없기에 정중히 거절했다.

"저는 청부 살인은 하지 않습니다."

하민의 얇은 입술이 삐뚜름해졌다. 가느스름하게 뜬 눈이 거만하게 나를 내려다봤다. 입 밖으로 나오지 않은 단어가 들리는 듯했다.

네가?

헛흠. 나는 헛기침을 하고 급히 이어 말했다.

"그거 말고 다른 일은 합니다. 남편분이 어디를 가는지, 누구를 만나는지, 만나는 여자가 누구인지. 시간만 주신다면 그 여자의 신상 정보도 가져다드릴 수 있습니다. 어느 쪽으로든 이혼이 수월할 수 있도록……."

"제 얘기를 이해 못 하셨군요. 그건 필요 없어요. 이건 남편이 죽어야 끝날 일이에요!"

이번엔 조금은 높지만 단단한 목소리였다. 결심은 달라지지 않을 것이라는.

"그렇다면 제가 더는 여기 있을 이유가 없겠군요. 다른 필요한 일이 있을 때 다시 연락 주십시오."

나는 급히 만남을 마무리 짓고 자리에서 일어났다. 하민도 더는 무어라 말을 하지 않았다. 다만 시선이 집요하게 따라왔다. 학생들이 나를 지나쳐 뛰어갔다. 발걸음을 빨리해 하민에게서 떨어졌지만, 뒤통수를 당기는 시선만은 여전했다.

─→─◈─←─

 맑은 날씨임에도 바람이 그렇게 불더니 아니나 다를까 저녁에 비가 내리기 시작했다. 창문을 때리는 빗발을 본 미세스 정은 벗어둔 바람막이 점퍼를 입었다.
 "퇴근 시간 맞춰서 비가 올 건 뭐람. 퇴근 안 해요?"
 매무새를 정리하던 그녀가 책상 앞에서 두서없는 생각을 하는 내게 물었다. 나는 힐끗 창문을 바라봤다. 잿빛 도시가 뿌옇게 이지러지고 있었다. 미세스 정은 책상에 어질러진 서류를 보고는 혀를 찼다.
 "간만에 들어온 일을 마다하고는 무슨 미련에 들여다봐요?"
 독실한 교인인 미세스 정한테는 사실대로 말할 수가 없어서 대충 의뢰인 쪽에서 일을 무산시킨 것으로 둘러댔다.
 "그냥 확인차……."

"확인은 무슨. 문제나 한 자라도 더 봐요. 그게 더 낫겠네."

"그러니까 더 보기 싫네."

탐정에 대한 욕망은 컸지만 수백 번 들여다본 이론은 지긋지긋했다. 머릿속에 들어오지 않는 것을 붙드는 대신 서류 속 여자의 사진을 봤다.

"남 탓은 제일이라니까. 문이나 잘 잠그고 가요. 어휴, 무슨 비가 이리도 내리나."

미세스 정이 투덜거리며 문을 열고 나갔다. 투둑투둑 빗소리만이 사무실에 들려왔다.

내가 워낙 돌머리라서 하민과 그녀의 남편 이름을 들었음에도 과거의 의뢰가 떠오르지 않은 것은 아니었다. 하민과의 만남 직후 사무실로 돌아오자마자 나는 그간 맡았던 의뢰를 모아둔 캐비닛에서 유희성 씨가 의뢰한 서류를 찾았다.

의뢰를 받았을 때 받았던 하민의 증명사진과 지방에 도망가 있을 때 찍었던 도촬 사진을 번갈아 봤다. 이 사진과 저 사진 그리고 오늘의 이하민. 같은 사람이라고는 전혀 생각할 수 없었다. 마치 식물이 말라 죽어가는 과정처럼 그녀 또한 생기를 잃어가고 있었다. 무엇이 하민을 이렇게 만들었을까?

나도 모르게 한숨이 나왔다.

'정말 그에 대한 답을 몰라서 하는 질문인가?'

- 남 탓은 제일이라니까.

미세스 정이 남기고 간 말이 비수가 되어 날아들었다. 나는 책상 위에 아무렇게나 놓인 〈주홍글씨〉를 쳐다봤다. 하민은 왜 그 책을 지정했을까?

똑똑똑.

비 내리는 소리만이 유일하게 들리는 사무실의 유리문을 누군가가 두드렸다. 나는 고개를 들었다. 외부 등에 불이 들어오자 불투명한 유리창에 왜소한 여자의 그림자가 비쳤다. 작은 머리가 이리저리 기웃거릴 때마다 긴 머리카락이 이리저리 흔들렸다. 나는 일어나 어둑한 사무실의 불을 켰다. 백색 불빛이 힘없이 공간을 밝혔다. 문을 잠그지 않았기에 누구든 안으로 들어올 수 있었다. 그러나 여자는 기웃거리기만 해댈 뿐, 문이 열리길 기다리고 있었다. 나는 묵직한 유리문을 당겼다. 문에 붙인 방울 소리가 딸랑 하고 울렸다.

"역시 계셨군요."

비에 젖은 하민이 나를 올려다보며 말했다. 1층 공동 현관문이 열렸는지 2층으로 연결된 계단에서 차가운 비바람이 불어왔다. 내내 생각했기 때문일까. 이렇게 그녀가 눈앞에 있자 얼떨떨했다. 아무런 말도 못 하는 내게 하민은 다시 말했다.

"안으로 들어가도 될까요?"

"조심스러워서 밖에서 만나자고 하신 거 아닙니까?"

"이젠 그런 게 무슨 소용일까 싶어서요."

"그게, 무슨."

하민은 우물쭈물하는 나를 지나쳐 사무실 안으로 들어왔다. 나는 문을 닫고 급히 책상으로 가 펼쳐진 서류를 덮었다.

"처음엔 그 돈이면 의뢰를 받아줄 거라고 생각했어요. 보기 좋게 거절당했지만."

"일단 앉으십시오."

뚝뚝, 하민의 젖은 머리카락에서 빗물이 떨어졌다. 나는 소파에 걸쳐둔 무릎 담요를 그녀에게 건넸다. 살짝 닿은 손길이 시리도록 차가웠다. 나와 헤어지고 얼마나 밖을 헤매었을지를 생각하자 몸이 저절로 움직였다. 정수기에서 뜨거운 물을 종이컵에 담아 인스턴트 녹차 티백을 넣어 다시 건넸다. 무릎 담요를 어깨에 걸친 하민은 소파에 앉아 그걸 받아 들었다. 초록색으로 번지는 종이컵 안을 가만히 보던 그녀가 입을 열었다.

"4억이든 5억이든 금액이 바뀌면 마음이 달라지실까요?"

"그 돈이라면 굳이 제가 아니더라도……."

나는 맞은편에 앉으며 대답했다. 하민이 그 말을 잘랐다.

"아뇨. 꼭 당신이어야 해요."

"왜죠? 아무리 봐도 이건 제가 유능해서라기보다는 복수의 일종 같은데 말입니다. 뭐 그때 저 때문에 고통이 다시 시작되었던 점 유감스럽게 생각합니다. 그렇다고 남편분의 죽음이 이하민 씨에게 더 좋은 결과가 되리라는 보장은 없습니다. 좀 더 실용적으로 자유로워질 방법을 제가 알고 있으니 그 부분을 의뢰하신다면."

깔끔하게 이혼하고 충분한 재산을 가질 수 있도록 유

희성에게 불리한 증거들을 찾으면 될 일이었다. 탈탈 털어서 먼지가 나오지 않을 때까지. 고소도 가능했고 어쩌면 감옥으로 보내 몇 년 살 수 있도록 조작도 가능했다. 그사이 원한다면 신분 세탁을 해서 해외로 나가 제대로 다른 삶을 살아도 좋을 테고.

그래, 인정한다.

청부 살인은 하지 않았을 뿐, 나 또한 하민을 말라비틀어지게 만든 데에 일조를 했다. 그러니 청부 살인은 하지 않을 뿐, 그 정도는 하민에게 해줄 용의가 있었다.

"그러면 그 사람이 감옥에서 평생 나오질 못할까요?"

"다시는 그 어디에서도 당신을 찾지 못할 겁니다."

"……아니요."

그 말을 한 하민은 녹차를 한 모금 마셨다.

"그날 오후 당신이 희성이에게 내가 있는 곳을 알려주었고, 희성이에게 잡혔을 때 죽을지도 모른다는 생각에 나는 다시는 그러지 않겠다고 그에게 빌고 또 빌었어요. 그리고 그 밤, 희성이는 나를 한 문신사에게 데려갔었어요. 어둠이 깔린 낯선 골목으로 한없이 들어간 곳에 그 가게가 있었죠. 어둠 속에 홀로 붉은 불을 밝힌

섬처럼……."

그녀는 어깨에 둘렀던 담요를 걷었다. 옷깃이 스치는 소리가 들리고 하민이 자리에서 일어났다. 나긋한 목소리처럼 천천히 움직이는 모습에 시선을 빼앗겼다.

"그곳에 들어가자 한 남자가 나왔어요. 서로 무슨 말이 오갔는지 긴말은 없었죠. 희성이가 말했어요. 믿음이 필요하다고, 다시는 도망치지 않겠다는 그 믿음이 말이죠. 그때 내게 무슨 선택권이 있었겠어요? 우린 다시는 절대로 떨어지지 않을 것을 맹세하며 그것들을 몸에 새겼어요."

나는 그 말을 하는 하민의 행동을 제지하지도 못했다. 잠시 후 젖은 셔츠의 단추를 하나하나 풀던 손가락이 셔츠를 마저 벗겨냈을 때 나는 짧은 숨을 들이켰다. 뒤돌아선 하민의 앙상한 등 뒤로 음영이 짙은 가녀린 두 팔이 그녈 안고 있었다. 하민이 천천히 내게로 돌아섰다. 상체를 모두 뒤덮은 긴 머리카락의 여자가 하민의 심장 쪽에서 고개를 돌려 나를 보고 있었다.

"그 문신사는 요괴를 문신한다고 해요. 이레즈미 같은 경우 도깨비나 귀신을 하잖아요. 여기도 그런가 보다 하고 했어요. 대부분 멋져 보이려고 하는데 이곳은 다르다고 하더라고요. 고대의 의지를 물려받아 주술적인 목적이 강하다고. 다들 미쳤구나 싶었어요. 당신이 보기엔 어때요? 이 여자?"

먹으로만 그려진 문신이지만 하민이 말을 할 때마다, 숨을 내쉬며 몸을 움직일 때마다, 여자도 움직이는 듯했다.

"마치 살아 있는 것 같군요."

"이 요괴, 이름도 있어요."

"이름이요?"

"여자는 목비개생발木婢皆生髮이고, 남자는 목노개생염木奴皆生髯."

"목비개생발…… 목노개생염?"

나는 얼뜨기처럼 그녀의 말을 따라 했다.

"원래 목각 인형이 원조인 한 쌍인데 서로 절대 떨어지지 않는다고 하더라고요. 그걸 저와 희성이 몸에 새긴 거죠. 남자는 수염이 자라고 여자는 이렇게 머리가 자란대요."

"자, 자란다고요?"

"제 몸에서 저의 욕망을 먹고 자라는 거죠. 우린 그것들을 몸에 새김으로 더는 서로에게서 떨어질 수 없게 되었어요. 조금이라도 떨어지면 요괴 문신이 서로를 찾아요. 그 누구보다 희성이가 그 사실을 잘 알게 되었죠. 그래서 지금 겁이 나서 도망치려고 애쓰는 중이거든요."

하민은 바닥에 떨어진 셔츠를 집어 들었다. 나는 그녀가 옷을 입고 소파에 앉아 담요를 다시 두를 때까지 그 어떤 말도 할 수가 없었다. 어떻게 받아들여야 할지 모르겠다기보다는 이미 손쓸 수 없이 하민이 미쳐버렸다고 생각했다.

"저런, 불쌍하기도 하지, 라는 얼굴이네요."

그녀가 말했다.

"이렇게까지 강제로 문신을 할 정도로 포악한 남자에게 붙들린 여자가 불쌍한지, 그러므로 미쳐버린 여자가 불쌍한지, 이 여자를 어떻게 떨구어내야 할지 몰라 하는 표정도요. 역시 내 말을 믿지 않는군요."

"그렇다면 오히려 제가 드린 제안이 더욱 흡족할 만하실 텐데요? 적당한 거리만 유지되면 문제없는 게 아닙니까."

"저도 처음엔 그렇게 생각했어요. 나만 편하면 되니까. 제가 낮에 한 얘기 기억나나요? 차라리 다른 여자를 만나 나를 버려줬으면 했다고. 며칠 전부터 점점 문신의 고통이 심해졌어요. 희성이를, 아니 희성이 몸에 새겨진 그 요괴를 만나지 못했으니까요. 참을 수 없이 이 문신이 뜨거워져 밤마다 뛰쳐나갔어요. 조금이라도 아프게 하지 않는 쪽으로 계속 달렸어요. 그리고 한 오피스텔에 도달했죠. 정신을 차려보니 희성이가, 그 요괴가 있는 곳이었어요."

아. 하민은 뒤늦게 생각났다는 듯이 멈칫거리더니 다시 말했다.

"결혼하고 얼마 뒤에 경아라는 여자가 한 번 초대한 적이 있었거든요. 그걸 초대라고 해야 할지. 희성이 휴대폰으로 그곳에 오라고 메시지를 보냈어요. 그 여자는 내가 희성이를 붙잡고 있다고 생각했나 봐요. 그래서 자신들이 이런 관계다, 라고 말하면 내가 떨어져 나갈 거라고. 그때 오피스텔에서 마주친 우리가 서로 아무렇지도 않아 했는데 질색하더라고요. 그럴 만해요. 나도 평범하게 살았다면 그 순간에 질색했을지도 몰라요."

 피식 웃던 그녀가 차를 마셨다. 나는 어느 부분이 웃긴 대목인지 몰라 말을 삼켰다.

 "어쨌거나 다시 며칠 전 얘기로 돌아가서, 대문 하나와 벽을 두고 그제야 육신의 고통이 사라졌어요. 하지만 그 안에서는 또 다른 이가 고통을 당하고 있었어요. 희성이의 폭언과 둔탁한 소리, 그리고 경아의 비명이. 매일 밤 나의 고통을 달래려 뛰어가면 어김없이. 하루는 그러다가 집 밖으로 도망쳐 나온 경아와 눈이 마주쳤어요. 당황하는 내게 경아가 소리쳤어요. 너 때문이야! 하고. 그때 깨달았어요. 지난날 내가 그렇게 바랐기에 저 여자가 나와 같은 고통을 당하는 거라고."

 하아. 그 대목에서 나는 한숨을 내쉬며 입을 열었다.

 "그게 어떻게 이하민 씨 탓입니까?"

 "그럼 그게 누구 탓인 거죠?"

 "그야, 당연히……."

 "그렇다면 그런 사람을 살려둬야 할까요? 그 여자가 아니면 또 다른 여자가 희생될 거예요. 모두에게 더 좋은 결과란 내 남편의 죽음뿐이죠."

비는 자정이 넘어 그쳤다. 밤 기온은 낮아졌고 불어오는 바람이 흩어놓은 담배 연기 사이로 어둠에 잠긴 아파트가 보였다. 얼마의 시간이 흘렀을까. 중앙 계단 중간부에 불이 들어오더니 점차 아래로 하나씩 불이 켜졌다가 꺼졌다. 잠시 뒤 1층 현관문에서 하민이 나타났다. 그녀는 얇은 잠옷 바람으로 어딘가를 향해 달려갔다.

나는 담배를 바닥에 떨어트려 발로 비벼 끄고 그 뒤를 따라갔다. 사무실에서 아무런 말도 못 하는 나를 두고 하민은 청부 살인에 대해 다시 생각해주길 바란다며 돌아갔다. 확실하게 거절해야 했는데 그러질 못했다. 강렬했던 그 목비개생발이라는 요괴의 문신 때문이었을까, 마음에 남은 죄책감 때문일까.

하민은 가슴팍을 쥐어뜯으며 휘청거렸다. 고통에 흘러나오는 신음이 선명하게 들려왔다. 그녀는 한참을 달려 한 오피스텔로 들어갔다. 그 안으로 들어가지 않아도 불이 켜진 창 중 한 곳에서 집기가 부서지는 소리가 났다. 4층? 5층? 언뜻 여자와 남자의 그림자가 스쳤다.

하아. 한숨을 내쉬었다.

하민의 논리대로라면 그녀가 간절히 바랐던 소망 때문에 저 여자가 고통을 받는 것이고 그렇다면 나 또한 그에 대한 책임이 있는 것 아닐까.

그 생각에 나는 고개를 흔들었다. 무슨 말도 안 되는 생각인지. 그 논리 자체가 미친 소리 아니던가? 그건 나뿐만 아니라 이 모든 걸 방관한 사회 전체의 책임이란 소리였다. 그런 억지가 어디에 있나? 괜한 것에 얽매였군.

나는 헛웃음을 흘리고는 그 자리를 떠났다. 누가 신고를 했는지 골목 저편에서 경찰차가 왔다. 더는 깊이 생각하기 싫어서 나는 이 모든 것에서 차라리 두 눈을 가리기로 했다.

오피스텔 지하에 도착한 희성은 주차된 차로 향하다

가 휘청거리며 기둥을 붙들었다. 가슴팍에서부터 끓어오르는 고통은 밤에 잠시 멈췄다가 새벽부터 다시금 시작되었다. 그는 열기에 목을 옥죄는 넥타이를 풀었다. 밭은 숨과 함께 욕을 내뱉었다.

희성은 셔츠를 풀어 헤쳤다. 지하 주차장의 창백한 불빛에 피부 위 푸른 선들이 드러났다. 코너에 붙인 거울에 희성의 모습이 여실히 드러났다. 심장 주변께에 새겨진 푸른 남자의 얼굴이 거울 속에서 그를 빤히 쳐다봤다. 짙푸른 수염이 온몸을 휘감았다. 지금 오피스텔 방에서 질질 짜고 있을 경아는 이걸 싫어했다. 그러든 말든.

모든 게 이 문신 때문이었다.

처음엔 통증이 단순한 부작용이라 생각했다. 잉크에 알레르기가 있다거나. 항의하러 문신한 곳을 찾아갔지만, 애초에 존재하지도 않았던 것처럼 가게는 사라졌다. 자주 찾는 인터넷 커뮤니티에 올라온 누군가의 후기로 찾아간 곳이었다. 주로 요괴를 새기며, 주술적인 곳이기 때문에 부적처럼 원하는 건 문신이 이뤄준다고 했다. 헛소리라고 해도 그 순간에는 자신에게서 도망친 하민이 감히 다시는 도망치지 못하게 속박의 주문을 걸고 싶었다. 너는 나의 것이라는 소유의 인장을 찍고 싶었다. 그때 문신사가 권한 목노개생염과 목비개생발이란 요괴가 한 쌍이기에 어디에 있든지 서로를 찾을 것이라는 말이 그럴듯하게 들려왔다.

시간이 지날수록 요괴들은 자라났다. 문신이 자라다니 믿을 수가 없었다. 하지만 자신이 정신 나간 게 아니라면, 진짜였다. 하민의 몸에 새겨진 여자의 머리카락이 하민이 움직일 때마다 흩어졌고, 자신을 쳐다보는 여자의 눈길이 기분 나빴으며, 시간이 지날수록 그것들의 존재가 두려워졌다. 겁에 질린 희성은 밖으로 돌기 시작했다.

점점 통증의 정도도 심해졌다. 병원에선 그 어떤 검사를 해도 아무 이상이 없다고 했다. 그러나 심장박동에 맞춰 통증도 같이 일었으며 옷감이 스쳐도 날카로운 것에 베인 것처럼 소름이 끼쳤다. 이제는 병원에서 처방해주는 진통제로도 버틸 수가 없었다. 문신을 지우면 나을까 싶어 병원도 예약했으나 고통으로 회사도 못 가는 지경이었다. 그러다 하민을 떠올렸다. 이 모든 게 다 하민 때문이었다. 애초에 그년이 도망치지만 않았어도 문신하겠단 생각 따윈 안 했을 테니까.

희성은 치미는 분노에 입술을 짓씹었다. 비릿한 피맛이 입안에 느껴졌다.

어디선가 담배 냄새가 났다. 주위를 돌아보니 한 남자가 걸어오고 있었다. 꼰대들이나 입는 평범한 등산복을 입었고 싸구려 운동화는 한 번도 빨지 않았는지 때가 졌다. 남자는 반쯤 벗은 희성을 보고 눈썹을 들었다.

"어디 불편하쇼?"

그 질문에 희성은 밭은 숨을 내쉬며 풀어 헤친 셔츠를 대충 여몄다. 잠깐 이대로 구급차를 타고 병원에 가서 이 지긋지긋한 문신을 지워달라고 할까, 잠시 고민했다. 남자는 가지 않고 담배를 다시 입에 물었다. 답을 기다리는 듯했다.

"구급차를 불러주시겠습니까? 숨을 쉬기가 힘드네요."

남자는 고개를 끄떡이며 담배를 입에 문 채 주머니에서 휴대폰을 꺼냈다. 벌어진 입가에 연기가 새어 나왔다. 남자가 휴대폰을 귀에 갖다 댔다. 담배를 손가락에 끼우고 말했다.

"어! 여기 경로구 도곡로 새운 오피스텔 지하 주차장인데 사람이 숨을 못 쉬겠답니다. 네네. 네에- 알겠습니다."

남자가 전화를 끊었다.

"조금만 기다리면 온답니다."

그 말에 희성은 안도의 한숨을 내쉬었다. 그의 옆에 선 남자가 혀를 찼다.

"아휴, 어쩌다가 건장한 사람이 갑자기 아픈지……."

후우, 하고 내뱉은 담배 연기가 허공에 부유했다. 남자가 주머니에서 담뱃갑을 꺼내 희성의 앞에 내밀었다. 희성이 그를 쳐다봤다.

"기다리는 동안 한 대 피우시겠소? 영화에서 보면 담배를 피우는 동안 통증이 가라앉는다고 하잖소."

남자를 어이없이 쳐다보다가 그런 장면을 어디선가 본 듯도 하여 담뱃갑을 낚아챘다. 희성이 기둥에 등을 기댄 채 담배를 하나 입에 물자 남자가 라이터를 켜 불을 붙여줬다. 깊게 빨아들인 담배 연기가 폐부에 담기는 느낌이 좋았다. 후, 하고 내뱉을 땐 통증마저 잦아들었다. 남자가 피우던 담배를 바닥에 떨어트리고는 다시 주머니를 뒤적여 담뱃갑을 꺼냈다. 그 안에서 다시 새 담배를 하나 꺼내어 입에 물고는 불을 붙였다.

희성은 눈앞에 흩어지는 연기 너머로 그 남자가 하는 양을 지켜봤다. 함께 입에 물고 뱉는 일련의 행동에서 무언가 의아한 표정을 지었다. 그러고는 아직 손에 들고 있는 담뱃갑과 남자의 손에 있는 담뱃갑을 번갈아 쳐다봤다.

"왜? 그거 네가 피우는 거 맞잖아."

연기를 내뱉으며 남자가 말했다. 뿌옇게 변하는 시선이 연기 탓만은 아니었다. 희성의 몸이 주르륵 기둥 밑으로 내려앉았다. 손가락에 끼운 담배가 바닥을 굴렀다. 남자의 더러운 운동화가 불이 붙은 담배를 밟았다가 떨어졌다. 두툼한 손가락이 그 꽁초를 줍더니 점퍼 주머니로 들어갔다. 의지와는 상관없이 눈꺼풀이 감겼다.

아파트 앞에 전자 브랜드 로고가 박힌 1톤 탑차가 섰

다. 운전석과 조수석에서 브랜드 유니폼을 입은 남자들이 내려 짐칸으로 갔다. 그들은 밀차를 내린 뒤 커다란 박스를 그 위에 올렸다. 데구루루 바닥을 구르는 바퀴 소리가 이어지더니 이내 아파트 안으로 들어갔다. 엘리베이터가 4층에서 멈췄다. 밀차는 왼쪽에 있는 현관문 앞에 섰다. 한 남자가 벨을 눌렀다. 답이 없자 두 번, 세 번. 네 번째 벨 소리에 문이 열렸다.

조심스레 문을 연 남자는 집 안을 들여다봤다. 정적에 휩싸인 내부에 잠시 멈칫거리다가 이내 밀차에서 상자를 내렸다. 꽤 무게가 나가는지 남자 둘이서 여러 번 힘주는 소리를 내서야 집 안에 들일 수가 있었다. 그리고 현관문이 닫혔.

나는 가슴팍에서 커터 칼을 꺼내 상자를 칭칭 감았던 테이프를 갈랐다. 입구가 벌어지고 검은 속내에서 희성의 정수리가 보였다. 이런 일을 돕는 윤수 씨가 상자를 펼치자 여전히 약에 취해 의식을 잃고 있는 희성의 모습이 드러났다. 나는 소매로 흘러내리는 땀을 닦아냈다. 너무나 조용한 내부가 신경 쓰였다.

그로부터 두 눈을 막고자 했으나 도무지 집중이 되지 않았다. 일할 때는 그럭저럭 괜찮았으나 홀로 남아 시험 문제지를 풀 때면 어김없이 하민이 생각났다. 애초에 탐정이 되려고 한 이유는 양심의 가책 따위 없이 떳떳하게 살고자 해서 아니던가. 지금까지 남 탓으로 부끄러웠던 내 죄책감을 지웠지만, 하민을 만나고서 내 감정을 직시하게 되었다. 인정했다. 하민에게서 평생 두 눈을 가리지 못할 거라고.

며칠 만에 하민에게 전화를 다시 했다. 몇 번이나 했는데도 전화를 받지 않아 마음이 바뀌었거나 아니면 내가 아닌 다른 사람을 찾았을지도 모른다고 생각했다. 그러나 하민은 네 번째에 전화를 받았다. 나는 물었다. 아직도 그 마음이 변치 않았는지. 그녀는 그렇다고 했다. 나는 그녀가 바라는 내일을 약속했다. 그것만이 나의 죄를 해결해줄 테니.

마음을 다잡고 나니 여기까지의 시간은 오래 걸리지 않았다. 며칠 연락을 안 했을 뿐 하민을 생각했던 그동안 계획은 머릿속에 그려졌고, 미세스 정이 희성의 일거수일투족을 감시했다. 희성이 내 얼굴을 알고 있으니

윤수 씨가 대신 그를 납치했다. 이런 데에 전문가인 윤수 씨였다. 오래된 지하 주차장 CCTV를 고장 내는 건 일도 아니었고, 정신을 잃은 희성을 그의 차로 납치하는 일도 수월했다.

윤수 씨와 함께 준비된 탑차에 희성을 옮겨 실어 나른 지금, 집에 있겠다는 하민은 어디로 갔을까. 그 생각을 했을 때 방에서 인기척이 들렸다. 탁. 끼익. 묵직한 나무문이 살짝 열리고 어두운 방 안에서 하민의 얼굴이 나타났다.

"힉, 깜짝이야. 귀신인 줄 알았네."

윤수 씨가 중얼거렸다. 그의 말대로 하민의 음영이 짙은 이목구비가 저번보다 더욱 말라 있었다. 툭 튀어나온 눈두덩이 속 눈동자가 바닥에 누워 있는 희성에게 향했다.

"거실에서 준비하겠습니다. 금방 끝날 겁니다."

나는 천장을 봤다. 그곳에 커다란 거실용 실링 팬이 있었다. 윤수 씨가 벽에 놓인 탁자를 가지고 왔다. 그 옆에 보조 사다리를 놓고 윤수 씨와 함께 희성을 탁자 위에 올렸다. 목을 맨다면 그 삭흔의 위치를 맞추기 위해 신장이 비슷한 내가 사다리에 올라가 희성과 어깨동무하며 선 자세를 유지시켰다. 윤수 씨가 준비해온 밧줄을 실링 팬 연결부에 묶고 고리로 만든 그 끝을 희성의 목에 걸었다. 이제 내가 손을 떼고 탁자를 치우면 하민이 그렇게 바랐던 자살로 위장한 청부 살인에 성공하는 것이었다.

꿈틀. 붙든 손에 희성의 근육이 움직였다. 약에서 깨어나고 있었다. 윤수 씨를 봤다. 짧은 시선에 이제 시작이라는 사인이 오갔다. 우린 서로 고개를 끄떡였다. 나는 하민을 돌아봤다. 만류했지만, 그 끝을 확인하기 위해 집에 남아 있던 그녀였다. 그런데 내내 문틈에 있던 하민이 없었다.

내가 당황하자 윤수 씨가 대신 안방으로 향했다. 문을 두드리며 낮게 하민을 불렀다.

"고객님? 곧 시작됩니다. 고객님?"

답이 없자 윤수 씨가 문을 살짝 열었다.

"어?"

멈칫. 그가 문 앞에서 멈춰 섰다.

"어이, 구 사장?"

"왜 그래요?"

나는 고개를 돌렸다. 와중에 붙들고 있는 희성이 꼼지락거렸다. 윤수 씨가 뒷걸음질 쳤다.

"시간 없어요. 왜 그래요? 이하민 씨는 대체 뭘……?"

그때 커다란 손이 내 팔을 붙들었다.

"여기…… 어디이…….."

위태롭게 선 희성의 두 다리가 휘청거렸다. 자칫 둘이 바닥으로 고꾸라질 뻔했다. 윤수 씨 또한 뒤로 나동그라질 뻔하다가 간신히 균형을 잡았다.

"구 사장, 가야 해. 어서!"

"뭐? 대체 왜 그러는 건데요?"

희성은 답답한지 목에 손을 갖다 댔다. 그러다가 걸린 밧줄을 붙들었다. 그는 눈을 찡그리며 천장을 바라봤다.

"그 여자가 죽었어! 우린 망했다고!"

뭐? 나는 희성을 두고 보조 사다리에서 뛰어내렸다. 우당탕탕. 사다리가 쓰러지는 소리가 요란했다. 그럴 리가 없었다. 하민이 죽었다니. 그녀는 내내 방에서 이곳을 보고 있었다. 기절했거나 쓰러졌을 수는 있었다.

당황한 윤수 씨가 그걸 죽었다고 생각한 거고. 안방으로 달려간 나는 문을 활짝 열며 안으로 들어갔다.

비릿한 피 냄새와 무언가가 썩어가는 냄새가 났다. 나는 소매로 코를 막으며 어둑한 안방의 불을 켰다. 하민은 침대 위에 바로 누워 있었다. 케이블 타이로 오른손이 침대 헤드에 묶인 채로. 앙상한 원피스 잠옷에선 피가 배어 나오고 있었다. 침대에도 붉은 피가 번졌고. 그런데 끝은 굳고 있었다. 숨은 이미 끊어졌다. 저 모습은 죽은 지 몇 시간이나 지난 것 같았다.

대체 언제부터? 어떻게 비명 하나 없이?

윤수 씨가 사다리를 정리한 뒤 가지고 온 상자도 급히 정리했다. 그리고 달려와 내 어깨를 붙들고 끌어당겼다.

"도망쳐야 해! 어서!"

"야, 너 이 새끼들 뭐야?"

거의 정신을 차린 희성이 소리를 쳤지만, 밧줄에 목구멍이 조여 바람 소리만이 쌕쌕 들릴 뿐 그리 크지 않았다. 밧줄이 더는 목을 파고들지 않게 손가락으로 목에 걸린 밧줄을 잡아당겼다. 끽끽. 희성이 다른 손을 뻗어 실링 팬을 잡으려고 했지만 닿지 않았다.

그 모습에 윤수 씨가 욕을 내뱉으며 달려가 탁자를 발로 찼다. 육중하게 뒤로 넘어가는 탁자에 희성이 새된 비명을 내질렀다. 나는 윤수 씨의 손에 끌려가면서도 어떻게든 하민을 보려고 애썼다. 도무지 이 상황이 이해가 가지 않았다. 자의인지 타의인지 확인하고 싶었다. 대체 자유를 목전에 둔 그녀가 왜 죽은 걸까?

그렇게 윤수 씨가 연 현관문을 나와 문이 닫힐 때까지 나는 뒤를 돌아봤다.

"살려줘요! 살려줘억! 이……씹……."

희성은 겨우 발끝으로 넘어가는 탁자를 붙들었다. 엄지발톱이 꺾여 피가 나왔지만, 그곳보다 목을 옥죄는 밧줄이 문제였다. 졸린 목을 길게 빼며 소리를 질러보았으나 제 귀에도 잘 들리지 않았다. 자신을 이 지경으로 몰고 온 새끼들의 면면을 똑똑히 기억하고 있었다. 여기서 나가면 죽여버릴 테다.

희성이 정신없이 밧줄을 풀려고 애쓰고 있는 와중 찍 찍거리는 소리가 들렸다. 처음엔 자신이 움직여서 위나 아래에서 나는 소음이라고 생각했다. 그러나 숨을 쉬기 위해 잠시 모든 행동을 멈췄을 때 그 소리가 좀 더 먼 곳에서 들려오는 것을 깨달았다. 집 밖이 아닌 집 안에서. 눈동자를 굴려 소리의 출처를 찾다가 불이 켜진 안방을 보았다.

그제야 방 안 침대가 피로 범벅인 것도, 그 위에 늘어진 선혈이 낭자한 하민도 발견한 것이었다. 그놈들이 놀라 달아난 이유가 저것 때문이었다. 놈들이 죽였다면 그리 꽁지 빠지게 도망치진 않았을 터였다.

'도대체 누가?'

그 생각에 미쳤을 때 다시 소리가 들렸다. 동시에 희성의 머리카락이 쭈뼛 섰다. 죽었다고 생각한 하민의 몸이 꿈틀거렸다. 살아 있는 건가? 하고 생각했을 때 다시 찍 소리가 들리며 몸이 들썩였다. 붙잡힌 시선에 붉게 물든 잠옷이 움직였다. 그 사이로 푸른 머리카락이 일렁였다. 하민의 몸은 누운 그대로였다. 대신 푸른빛의 머리카락이 하민에게서 떨어져 나왔다.

'설마 찍 소리가 문신이 살점을 찢는 소리인 거야?'

설마가 사실이란 듯 머리카락 끝 살점에서 굳어가는 핏덩이가 침대 위로 떨어졌다. 살점이 찢어지는 소리는 점점 거세졌다. 피 묻은 두 팔이 침대를 짚고 상체를 일으켰다. 쌕쌕 내쉬는 희성의 숨이 빨라졌다. 들썩거리던 하민의 몸짓이 멈췄다. 스르륵. 하민의 심장 쪽에 새겨진 요괴의 얼굴이 뜯어지며 희성을 쳐다봤다.

척척. 피에 젖은 침대 위를 짚는 소리가 섬뜩했다. 그 요괴는 하민에게서 떨어져 나와 희성에게로 오고 있었다. 그 사실을 깨닫자 희성은 있는 힘껏 밧줄에서 빠져나오려고 애썼다. 바닥을 밟는 젖은 소리가 점점 가까워졌다. 버르적거리는 몸짓이 커지다가 발을 디뎠던 탁자가 쓰러졌다. 채 빠져나오지도 못한 채 희성은 숨이 콱 막혔다. 희성이 두 눈을 부릅떴다.

'안 돼!!!'

앞에 다다른 요괴가 눈동자를 굴리더니 히죽 웃었다. 막힌 숨에 정신이 아득해졌을 때 희성의 가슴에서 피가 솟구쳤다. 목비개생발의 부름에 희성의 몸에 새겨진 목노개생염이 기꺼이 떨어져 나왔다. 후드득. 떨어지는 피 웅덩이 위로 요괴들은 드디어 하나가 되었다.

—⋅—◎—⋅—

 아파트 앞은 수많은 사람으로 북적거렸다. 경찰들이 기자와 몰려든 주민들을 막았다. 그 사이로 국과수팀과 강력계 형사팀이 오갔다. 나는 멀리 도망가지 못하고 주민들 사이에서 아파트를 올려다봤다. 하민의 마지막 모습이 나를 붙들고 놓아주지 않았다. 이해가 가지 않는 부분이 너무 많았다.
 윤수 씨는 희성이 우리 말고 다른 업체에 하민의 살인 청부를 의뢰했을지도 모른다고 말했다. 아니면 어떤 살인마가 그냥 죽였을 수도. 그것이 유일한 해석이라며.
 하지만 나는 그와 생각이 달랐다.
 그녀는 왜 자신 스스로를 묶었을까? 우리를 맞이한 건 귀신이 된 그녀였던 걸까? 과연 그녀를 죽인 건 사람일까?
 누군가가 내 어깨에 부딪혔다. 그 바람에 남자가 들

고 있는 공책이 떨어졌다.

"아, 죄송합니다."

"저도 다른 데 신경 쓰는 바람에, 죄송합니다."

나는 급히 떨어진 공책을 집어 들었다. 그리고 그곳에 그려진 그림을 보고 그대로 굳어버렸다. 연약한 손가락이 공책을 가져갔다.

"주워주셔서 감사합니다. 그럼."

젊은 남자는 싱긋 웃으며 사람들 사이를 빠져나갔다. 나는 그 뒤를 멍하니 바라봤다. 그 공책엔 하민과 희성의 몸에 새겨진 요괴 문신과 같은 그림이 있었다. 그 이름이.

"목비개생발…… 목노개생염……."

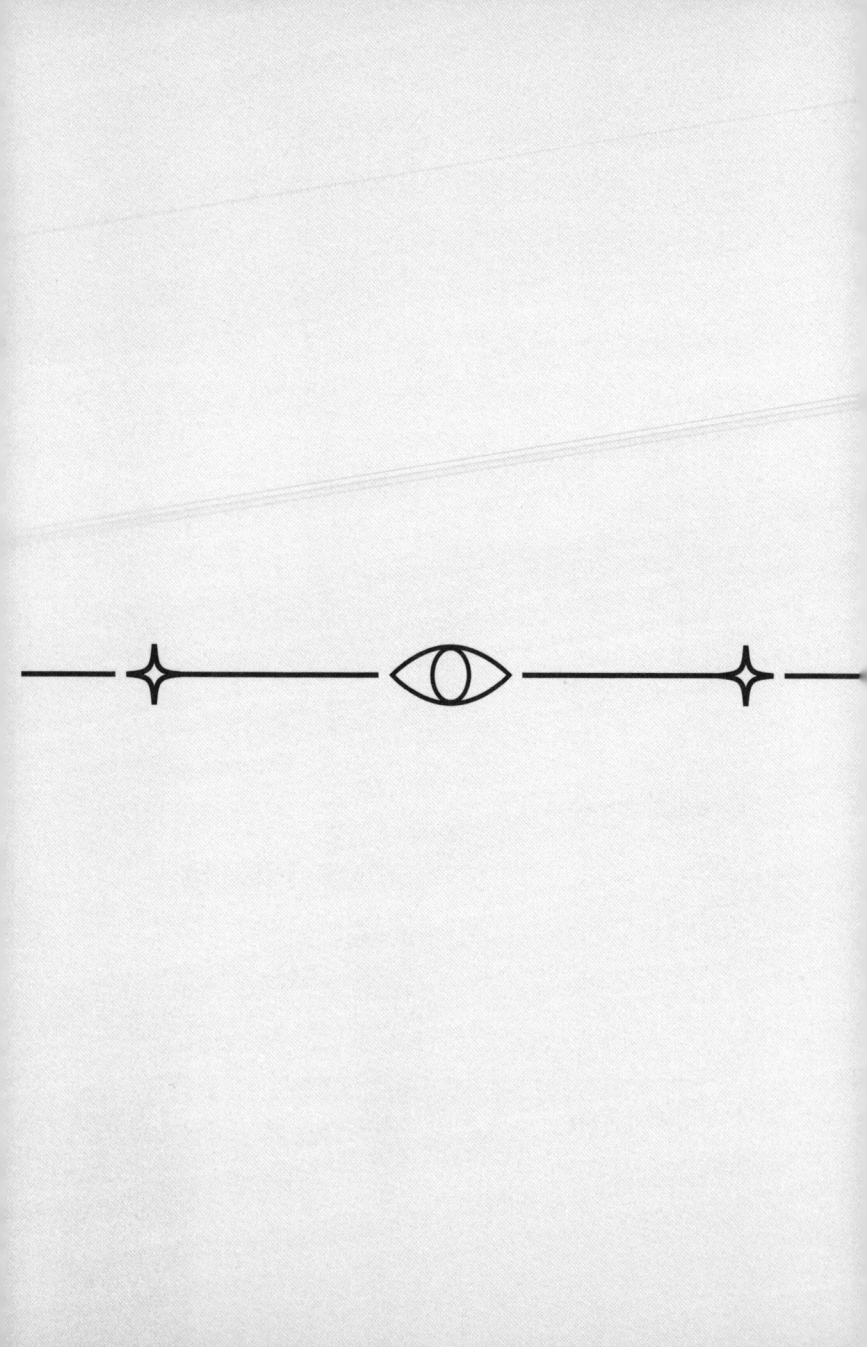

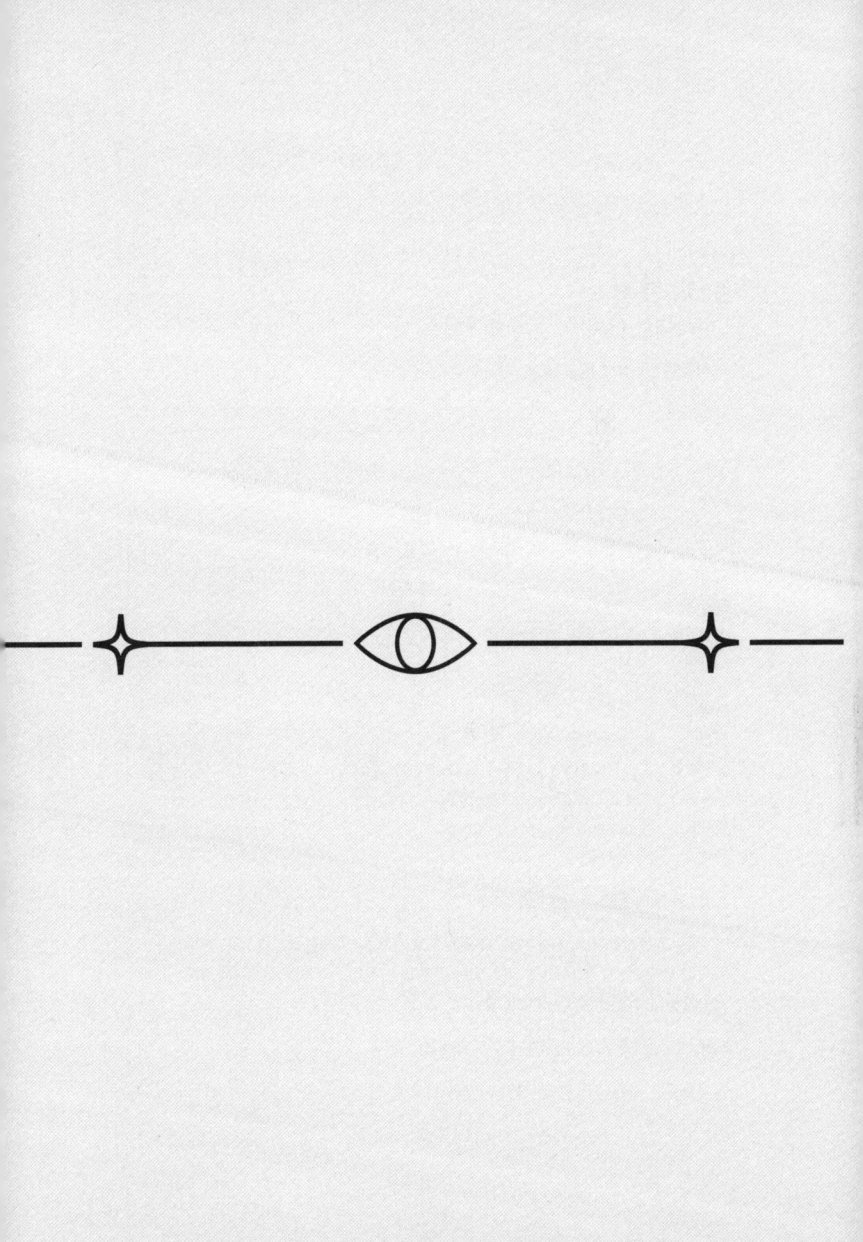

요괴사설
: 어디에도 없지만, 어디에나 있는

에이플랫 장르소설 앤솔러지

발행	2024년 9월 20일
지은이	김봉석, 배명은, 비티, 위래, 전혜진, 홍락훈
책임편집	강상준
교열	남다름
일러스트	MIRO
디자인	전도아
펴낸이	정종호
펴낸곳	에이플랫
출판등록	2018년 8월 13일(제2020-000036호)
이메일	aflatbook@gmail.com
블로그	blog.naver.com/aflatbook
가격	17,000원

ⓒ 2024 에이플랫

이 책은 저작권법에 의하여 한국 내에서 보호를 받는 저작물이므로 무단전재와 복제를 금하며, 이 책 내용의 전부 또는 일부를 이용하려면 반드시 지은이와 에이플랫의 서면 동의를 받아야 합니다.

ISBN   979-11-89836-57-3 03810

에이플랫은 언제나 기성 및 신인 작가의 원고를 기다리고 있습니다.